U0561076

蓝为洁 著

蓝·色·视·界

我的家庭和中国电影共同成长

GUANGXI NORMAL UNIVERSITY PRESS
广西师范大学出版社
·桂林·

读《蓝色视界》

（七律）

汤沐黎　汤沐海

喜述今生也泪浓，险程跌宕步从容。

相夫立业家中柱，教子成才天外鸿。

一剪分明扬影艺，千篇洗练叙肠衷。

西梅东绽海风助，人去书留无悔终。

1

2

4

3

5

1　上海梧桐下的川女蓝为洁。1945 年，17 岁的蓝
　　为洁走上谋生之路，与著名电影导演汤晓丹在
　　位于重庆的中国电影制片厂相识
　　汤晓丹 / 摄

2　相夫教子。1946 年，刚满 18 岁的蓝为洁与汤晓
　　丹结为伉俪。1947 年生下大儿子汤沐黎，1949
　　年生下小儿子汤沐海
　　1952 年　汤晓丹设计指导拍摄

3　新建的上海电影制片厂招考一名编外员工，蓝
　　为洁成功考入。图为蓝为洁入职制片厂后的纪
　　念照
　　汤晓丹 / 摄

6

4　喜迁高塔公寓。几经周转，蓝为洁一家搬至上
　　海淮海中路黄金地段的高塔公寓。这里交通便
　　利，闹中取静，是一栋七层公寓式楼房
　　1956 年　汤晓丹 / 摄

5　蓝为洁教沐黎学走路，精心照料儿子
　　1949 年　汤沐黎 / 供图

6　蓝为洁给沐海理顺头发，悉心养育儿子
　　1955 年　汤沐海 / 供图

1

2

4

3

1 1956 年，蓝为洁剪辑平生首部故事片《不夜城》。1953 年蓝为洁调入剪辑室，刻苦自学剪辑本领，到剪辑《不夜城》时终被认可
   1957 年　汤晓丹／摄

2 蓝为洁（左二）在上海电影制片厂剪辑室带出一批徒弟
   1965 年　汤晓丹／摄

3 蓝为洁剪辑《苦恼人的笑》时留影。此片获得了 1979 年文化部颁发的优秀影片奖，蓝为洁也被誉为"南方第一剪"，此后她又剪辑了《巴山夜雨》《南昌起义》《城南旧事》《廖仲恺》等四部获奖影片
   1979 年　汤晓丹／摄

4 改革开放时期，下海创业大潮中，蓝为洁成立了两家文化开发公司
   1985 年　汤晓丹／摄

5 20 世纪 90 年代，蓝为洁开启写作生涯，出版图书近 20 种
   1991 年　汤晓丹／摄

5

1

2

3

4

1　退休后的汤晓丹与蓝为洁
　　1988 年　汤晓丹 / 摄

2　动迁到上海长宁新居后不久，一位
　　雕塑家朋友送来了两尊刚完成的汤
　　导头像雕塑。后来，一尊立于福寿
　　园墓地，另一尊陈列在中国传媒大
　　学崔永元口述历史研究中心
　　1999 年　汤晓丹 / 摄

3　汤晓丹与蓝为洁观看沐海演出
　　2001 年　蓝为洁 / 供图

4　汤晓丹与蓝为洁相濡以沫六十余
　　载，情比金坚
　　2009 年　蓝为洁 / 供图

5　2012 年，清明时节雨纷纷。
　　两年后，蓝为洁与汤晓丹的骨灰合
　　葬于汤晓丹生前设计的这座墓室中
　　2012 年　蓝为洁 / 供图

5

目录

前言

贵人相助

　　我17岁走上谋生之路，把微薄收入寄回农村老家供三个妹妹四个弟弟上学。自己省吃俭用，艰苦生活，后来才筑起了一个让同行和朋友羡慕的小家。闭目回忆清晰，情感波动强烈，可谓爱恨情仇满怀。然而印象最深刻的，还是一路走来，在灾难降临时总有贵人相助。

　　从1944年到1948年的短短四年里，我遭受了两次遣散打击。要不是演员李健为我作主，找到个好丈夫，我真不知道会怎么活下去。现在回想还不免后怕。

1949 年，新建成的上海电影制片厂（以下简称"上影"）贴布告要招一名编外员工，我考上了。从延安来到上海接管电影系统的钟敬之副厂长知道我的困难情况后，批准我由编外转为编内，在秘书科做拟稿工作。后来，我曾写过一篇《新中国给了我金饭碗》的纪念文章，还得了奖。1953 年，我被调到翻译片组剪辑室。原想转翻译室的，后来发现痴人说梦，不可能。我安定下来自学剪辑，从国外影片中学到不少名剪、名导的技艺。通常，外语片配成中文版，分段是最难的，常常一本片子要看好几遍才分得下来。对白多的，如苏联片《非常事件》，就更困难。因为我刚打好俄文基础，所以基本能做到看一遍就行。最初，导演傅超武不相信，跟我到剪辑室看，发现我以语言为凭，片子在机器上摇过时，会准确无误分成小段，他才放心了。由于他的信任和传播，以后几个导演都点名要我参与工作。实践机会多，进步更大，再后来参加故事片组时，我轻轻松松就把片子剪辑好了。这些成绩都得益于我在翻译片组夯实的专业基础。

1956 年，我被调入故事片厂剪辑室，领导有偏见，不相信自学能成才。我的丈夫汤晓丹接受《不夜城》导演任务时，摄制组人员名单中才第一次有了"蓝为洁"这个名字。这是因为他读过我做的学习外国影片的笔记，认为我真的掌握了独立剪辑故事片的本领。如果没有这个第一次，不知道我还会被搁置在冷角落多久呢。

粉碎"四人帮"后，我正式恢复工作，剪辑了新导演杨延晋拍摄的《苦恼人的笑》。导演相信我，力挺我，我的专业能力达到顶峰。片子得了奖，我也因导演的好评有了更多机会，又一连剪辑了《巴山夜雨》《南昌起义》《城南旧事》《廖仲恺》等四部得奖影片。

1993 年，我"战略转移"去写纪实性文章。《文汇报》编辑史中兴和《文汇电影时报》编辑罗君耐心帮助，不吝篇幅为我辟《影人圈》专栏，让我有机会写了五年记忆中的影人影事。有了他们的支持，我才有继续发表长短文章的勇气。今天的好光景和我的"九〇后"心态，可以说都是史中兴和罗君引导的结果。

从我主攻写作开始，报纸、杂志的责任编辑

们都助我一臂之力。他们主动约稿，在发表前认真投入的程度，就像是正在与我合作写稿一样。比如《大众电影》的责任编辑翟建农，他校正过的稿子，删除的部分读着不嫌少，增加的部分就像我自己写的，甚至比我写的更通顺，更有分量，更富内涵。再有《影博·影响》的高宁，她对我手写的不规范字，硬是一个一个连认带猜看准了才发表的。有的字猜不出认不了，就打长途电话问我，十分负责。这也让我感悟到做好事先要做好人；只有做人好，才能做事好。

　　我的一生，磕磕碰碰，受过不少打击，有时痛心疾首，但沿途总有贵人相助，没齿难忘；我的笔下，爱恨情仇，苦甜交替，喜怒参半，都是真情流露。老来日夜思忖，难眠而伏案行文，丰富了我的独居生活。上下左右前后对照了一下，在同龄人、同业人、同路人中，像自己这样与往事较真的人似乎不多。换句话说，我比别人多了一份沉甸甸的精神财富。

4

序

残酷的考验

2012年1月21日是那年除夕的前一日。大家都亲切爱称的"汤爷爷"住上海华东医院已经五年零八个月，累计2000余天了。虽然那天天气突变，凛冽的北风吼叫着，还下着雨和雪，很冷很冷，我仍然清晨5点、中午11点、下午4点去他的病床前。我轻轻地为他浮肿的双手按摩，望着他注射过镇静剂的平静的面容，我相信他会慢慢化险为夷。因为在这之前，他已经病危抢救过四次，结果都奇迹般地好转。我想这一次也一定和前四次一样平安。值班医生和护士长来催我：下雨路滑，太晚了走不安全。看看"汤爷爷"的监控器，各项指标都正常，我真的起身走了。不一会儿，我的大儿子沐黎也去父亲病床边坐了个把钟头，值班医生认为"汤爷爷"病情稳定，催他离开。沐黎也回到了他自己的家。

近十来天，我睡觉时都是穿着衣服半坐半卧在床上，以便医院一来电话我就能外出。晚上快九点了，值班护士在电话里说"如果马上能到医院最好"。我奔去时，俞卓伟院长、主治医生、护士都围在"汤爷爷"床边。俞院长说："强心针对'汤爷爷'的心脏都没有作用……"

我忍不住抱着"汤爷爷"的头，轻轻地贴在他耳边说："我们六十六年婚姻生活全靠你的宽容、厚爱，让我有个幸福的家，特别是你给了我两个像你一样人品艺德好的儿子……"我发现他平静的脸上，眼角漫出了泪水。我惊叫"俞院长，'汤爷爷'听到我的话了"。旁边有人递上餐巾纸，我为他擦干泪水。第二滴泪水再也没有出来……

想到"汤爷爷"曾经叮嘱我"如果不行时，一定要坚强些……"，我只能忍住心疼辛酸，提出

6

让我把他"接回家住几天"。医院当然不答应。我想在医院陪他过夜，俞院长只让我推他到电梯口。大儿子的手机关了，通知不到他；小儿子在欧洲，一月份有八场演出。我记住"汤爷爷"说的"任何时候都要帮助他，让他每场音乐会都成功"，所以我作主也不通知他。春节七天长假完了，我才和大儿子、长孙三人送"汤爷爷"去了火葬场。只等了两个钟头，我们就把他接回家了。现在，他就"安坐"在客厅的沙发上，有朋友来了他陪着；每天晚上看《新闻联播》时，我们亲热并坐；我把他的照片放在卧室书架上，我睡着时他亲切地望着我；我醒来时第一眼就看着他。天天如此，生活依然如旧……

7　　　记得1945年，他第一次带我在重庆市唯一电影院看20世纪30年代美国拍摄的故事片《翠堤春晓》（*The Great Waltz*）后，他不但教我哼唱插曲《当我们年轻时》（*One Day When We were Young*），还把英文歌词全打出来，让我学、读。其实没有几个生字。我很快也能背它：

One day when we were young,

One wonderful morning in May,

You told me you love me,

When we were young one day.

Sweet songs of spring were sung,

And music was never so gay,

You told me you love me,

When we were young one day.

You told me you love me,

And held me close to your heart,

We laughed then, we cried then,

Then came the time to part.

...

When songs of spring are sung,

Remember that morning in May.

Remember, you loved me,

When we were young one day.

这首歌的中文大意是：

当我们还年轻，
在美妙的五月早晨，
你曾说你爱我，
当我们还年轻。

唱起了春之歌，
那音乐是多么动人，
你曾说你爱我，
当我们还年轻。
你对我多钟情，
啊，我们心心相印。
我们欢笑，我们喊叫，
但离别时候来到。
······

在五月的早晨，
唱起了春天之歌。
别忘了，你爱我，
当我们还年轻。

9

我之所以这么怀念老汤带我看《翠堤春晓》影片，是因为它是我幸福今生的良好开端。我不仅仅是看了第一部外国影片，我还懂得了通过看电影学英语、学音乐、学生活。换句话说，就是从看电影、学电影，走上了一辈子从影的大道。这条路虽然走得很辛苦、很辛酸，但是很扎实，一步一个脚印。走到今天，我们算得上电影队伍中堂堂正正、有血有肉、有鲜活灵魂的电影人。老汤是我生活中相依相靠的好丈夫，更是我事业上的引路人，言传身教的榜样。他宽容、厚爱我，是循循善诱、耐心培育我的恩师。纪念生活细节也就是珍重生活烙印、珍重历史发展和提高文化品位。

　　我常常想，如果我当时没有机会进电影制片厂，没有认识汤晓丹，我的这一生，真不知道会是什么处境。

　　我与老汤长达六十六年的婚姻生活，年轻时他太忙，长年累月不在家；年纪大了更是生病住院的日子多，在家康复的时间少，在我心中，总感到我们缺情少爱。所以，我决定亲自送他进火化炉，亲自把他抱回家。好心的友人们劝我不要接受这个残酷的考验，但我铁了心要这么做。我一定要亲自送他进独用火化炉，用自己的眼睛盯牢看准，我所珍藏的是自己心爱的丈夫。

2012年1月30日下午，灵车到了火葬场。办妥一切手续，完成了进炉前的礼仪和祝福。在灵柩进入、炉门关上的瞬间，我的心仿佛受尖刀猛刺……难道真的阴阳两分了吗？不，不，不，虽然"汤爷爷"没有知觉了，但是我有，我十分敏锐地感知，他的心早已留在我的心窝里，合二为一，我能代他启动中枢神经系统。他没有进火化炉，他正在我的心里活蹦乱跳呢……

一个半钟头后，我第一个迈到门前。托床出来，只剩白色的骨架。我突然明白，只有骨骼的力量能顶住烈火高温，纯洁不变色。

托床自动横移冷却。半个钟头后，我们用特制的筷子将白骨夹放在盛器内，接着连那只心脏起搏器一同装进大红布袋里。我抱着热乎乎的袋子，车子直开回家。我把准备好的华安玉雕灵盒打开，将布袋装入，正好满满一盒。

是夜，我陪着骨灰盒里的亲人没有合眼。眨

眼快两年了，我每天陪着他；他也日夜关注着我。二人世界，悄悄话，大声说，任我们高兴。喜怒哀乐随意倾诉，面对面，心贴心。我夜夜想在梦中相见，但不曾有过。我想，总会有一天，他会像聊斋故事中说的活灵活现相偎在我身边，那个才叫浪漫呢！

幻想也带来时光倒流，青春气息再现……

电影《翠堤春晓》海报，1938 年

第一章

伉俪情深

白手起家，才算真本事。

十七岁进电影厂

　　我是重庆人，1928年出生。我出生时，世俗重男轻女。父亲受新思想影响，主张不论生女生男，一律要学文化。抗日战争开始，父亲所在单位大量裁员，但他缩减生活开支，让我到城里读书。为了早日拿到毕业文凭找到工作，我必须每学期换学校跳级学习。我十七岁时拿到了高中文凭。

　　1944年，全面抗战已经七年了。社会秩序因物价上涨而人心惶惶，显得十分混乱。那时就流行"毕业就是失业"的说法。川籍学生前景更惨。幸好同学吴大秀让我住在她家等工作机会。她的正房在地面一层，楼下是堆放杂物和保姆住的大屋子。她用大门板在保姆屋为我铺了张小床，还担心我不高兴，连说条件不好请原谅。我则十分满意。因为我家人多，挤惯了，再说保姆清晨起床后就上楼忙家务，楼下只有我一个人，十分清静，读书写字让我感到方便自由。最重要的是我要待在屋里耐心等待工作机会。

　　我上街买了二十份履历卡片，工工整整填好，碰到人就送上一张求助。凑巧有张求职卡片传到当时在纯阳洞小山坡上的中国电影制片厂（以下简称"中制"）技术课长官质斌先生手上。他是四川威远人，1932年毕业于中国无线电工程学校，是有名的录音专家。当时他正在翻译一本有学术价值的录音专著，正想找一个字写得好一点的人誊清译稿，也帮助他在课里管杂务。他见了我的履历卡片后就通知我去他的办公室，第一句话就问："卡片上的字是哪个帮你写的？"我立即回答："是我自己写的。"他显得有点吃惊和怀疑，问我："你现在能写几个字给我看看吗？"我傻里傻气反问："是写大字还是写小字？"最后我写了一段读过的警句："十年寒窗无人问，一举成名天下知。"官先生笑了，关照我说："你先回家等通知，厂长要是批准了，我通知你来办手续上班。"于是，我在官先生的提携下进了电影厂。

虽然跌跌撞撞一路走来并不容易，但是电影成了我的终生职业，我有了自己的建树，为此特别怀念和感恩官先生。其实，我们相处的时间不到一年。日本投降后，他就随金山、张瑞芳夫妇离开重庆远走长春，接管当地的电影机构。新中国成立时，他又从长春调到北京中央新闻纪录电影制片厂（以下简称"新影")任副厂长。他生于 1904 年，病逝于 1978 年，不到八十岁就离开了人世。我们 1945 年分开，一直没有机会再见面。"上影"成立后，我给他写过一封信，他回信说全家住在北京，逢年过节热热闹闹，希望我到北京时能去他家看看。以后大家都忙碌起来，运动一个接一个，连写信的时间都挤掉了。20 世纪 90 年代，我才有机会去北京见到她的大女儿。这是后话。

我与老汤初相识

进了"中制"，正巧碰到大家亲切称呼的老汤。我在技术课，他在隔壁编导委员会。课长官质斌说老汤是从香港到重庆的。我看他几乎每天都坐在办公室里用英文打字，就萌生了学打字的念头。当时，如果女职员会英文打字，可以等机会到邮政局或银行工作，收入好，福利好，工作稳定有保障。

老汤听官课长推荐，答应教我。他英文好，打字时双眼不看打字机上的字母盘，而是直盯着原文，由两手摸索打出，一字不错。我年轻，记忆力强，又有点英文基础，学习进度不算差。但是我需要看原文，也需要看字母盘，有时还要找找字母在哪里。老汤很耐心，从不责怪我慢。不像我，看不顺眼时会脱口而出："这么笨！"我开始觉得要好好学习他做人做事的态度，对他有了崇敬感，愿意多接近。那时的接近，也就是下班后我们都不待在自己的宿舍，而是到电影院看电影或者到抗建堂看话剧演出。

"金牌导演"汤晓丹

　　1910年2月22日，汤晓丹出生在福建省华安县仙都镇云山村。他自幼爱用树枝或竹竿在泥地上画马牛羊、古庙和人像、山水等。六岁时跟随母亲漂洋过海到印尼东爪哇寻找在那里做小贩的父亲，还在那里进教会办的小学，打下了英语基础。他自学踏实有悟性，进步很快。几年后他跟着母亲回家乡，族长见他进步快，就用公积金资助他到爱国华侨领袖陈嘉庚办的厦门集美农林专科学校读书。

因为与进步同学赖羽朋参加反帝反封建的爱国运动，在上街贴宣传标语时被当地恶势力拘捕。他的母亲到厦门哭哭闹闹，把他拉扯回家。他生了一年重病。病未痊愈时，他给曾经投过漫画稿的上海大众文艺社写了一封信。在许幸之和沈西苓暗中帮助下，1929年他到了上海，跟着一位进步青年——叶坚在画刊工作，继续宣传"武装夺取政权"等思想。后来，在中共地下党组织的帮助下，开了广告社，与司徒慧敏、朱光共同努力，做了许多有益于社会的工作。

1932年，日军发动"一·二八"事变，毁了广告社。他死里逃生到天一影片公司，找到苏怡和沈西苓，然后进天一影片公司做美工师。第二部影片《白金龙》拍摄时除了担任专职美工外，老板要他兼任导演，结果一举成名，正式跻身电影导演队伍。电影成了他的终生职业。

1934年至1941年，汤晓丹到香港拍粤语故事片。由于他制作的影片题材好，票房收益高，舆论誉他为"金牌导演"。香港沦陷后，他到了桂林，然后又辗转到了重庆，正赶上为"中制"导演一网打尽日本间谍的《警魂歌》。

19

愉快的交往

当时老汤 36 岁，又是从香港回重庆参加抗战的"金牌导演"，当然有他独有的人品和风度。而我只不过是一个刚出校门口的"小四川"，年龄只有 18 岁。相比之下，做人做事都有悬殊。

我根本不清楚电影导演这一职务和社会影响，只晓得当时编导委员会其他人经常到技术课找我要笔墨纸砚和记事本。他们要东西时满脸笑容，事后碰面就变得有点陌生了。唯独老汤不同，非常尊敬我。比如，他想去看电影或者话剧，总会很诚恳地问："晚上有空到抗建堂吗？"我点点头，他才说出发的时间，大大方方同进同出，没有让人觉得我们的交往与别人不一样。

又比如前面提到的看完《翠堤春晓》影片后，他还教我学哼英文歌。他说，这样既学会了唱歌，又复习了英文，一举两得，是自学的好方法，一定要持之以恒，做笔记加深理解和记忆。我从他的教诲中也尝到了自学的甜头，以后的日子过得更有意义。

与别人不同的是，我们在一起谈谈说说，几乎都是有价值的新鲜话题，从来没有庸俗的词汇。他从来没有说过喜欢我，只是偶尔望着我说："你的头发真好，乌黑油亮，我很喜欢看你的长辫子。"老汤比别的男士都讲礼貌，在我面前，他从不乱说一个不该说的词，或者做不该有的动作，所以我和他在一起走出走进，很有安全感。

在我的记忆中，他没有随便开过玩笑，有一种君子风度。当时我们技术课除了我以外，来来往往的都是男士，有些人出口就带些庸俗味，像我这样年轻的女职员讨厌听，甚至惧怕听。

司徒慧敏、史东山等几位大导演常常会翻我写字台上的书，建议我看书最好要写笔记心得，加深理解。老汤与其他几位大导演不同的是，他总鼓励我把学校读的英文每天抓紧朗读，他说能直接读原著比读翻译书有意义。我们经常在一起谈的是做人做学问、学习方法等。正好我也爱吸收新鲜知识，相处格外和谐。他还教我跳交谊舞，总是关照我要注意姿势。在跳舞时，他比别的男士都彬彬有礼，让我学到社交场合的文雅和礼貌。我想这是他在香港这座国际城市生活了近十年形成的君子风度。他越有礼貌，我就越信任他。他约我看电影或者看话剧，我都答应同去。因为我们是不买票进场的，有空位子就坐下来，有人来了我们就让持票的人对号入座。不过，很少碰到要我们让座位的时候。每次都是乘兴而往，满意而归。

日本投降

"号外！日本天皇宣布日本无条件投降！"重庆市区传出报童的叫卖声。"我们胜利了！抗日战争胜利结束！"的欢呼声响彻山城。老汤约我参加"中制"庆祝抗战胜利的影人游行。当时的游行不是今天人们想象的和看到的世界各地的示威群众——排成长队呼叫口号和高举标语牌。因为时间太急促、太匆忙，大家汇集在市中心马路上，人挤人……看到相对而行的队伍中有亲朋好友时，就奔到对方人群混在一起走呀，叫呀，那个狂欢劲儿绝不是今天人们想象得出的。

我们"中制"影人队伍从小山坡下去，直往市中心奔跑，而中央电影摄影场（以下简称"中电"）的同行们由江对岸过河到市中心。我人矮，人头攒动中什么也看不见。老汤紧紧拉着我的手，反方向用劲把我拉出人堆。

在回厂的路上，他兴奋地说："这下好了，兴许能快点回家看看我的母亲。"不知怎么，这么个大男人也抽泣了几声。我没有安慰他，只拉着他走到人群略稀的路边，放慢脚步走回宿舍。

第二天，"中制"的男士都挤到我们技术课办公室，七嘴八舌谈回家乡看望父母的事。我天真地认为这下可以跟影人队伍走出夔门了。那时，对一个川妹子来说，能到下江，犹如今天人们欢喜追求的漂洋过海。

第三天开始，我发现到课里来的人逐渐减少，厂里进出的名人一个也看不见了，只有老汤还在导演话剧《原野》。女宿舍里冷冷清清，我一个人孤单进出。好在隔壁李健带着女儿还在参加话剧《原野》的演出，我心里似乎还有可靠的支撑。这时我的工作非常多，主要是各业务部门器材装箱的单子先要交到我手上，再汇订成册，然后将东西水运到南京。

就在此时，有消息说派到美国学习的副厂长罗静予调回"中制"升任正厂长。不少人对罗静予回国当厂长大加赞美，大家都说只要有罗静予主持业务，电影生产就一定会比抗战时期更有发展。

罗静予遣散演职员

罗静予威信极高，众人翘首期盼他的施政计划。孰知他贴出的第一份公告是"遣散三十多名演职员"。最后压轴名字是"蓝为洁"。我除了哭泣，别无他法。

老汤正日夜忙话剧《原野》的演出。除了导演重任外，他还兼管舞台设计，特别是灯光效果得亲自抓。他说演出班子是滞留重庆暂时无法踏上回归路的影人们凑合起来的，如果不狠抓质量，演出收不到好效果。平常我们爱说能者多劳，老汤当时算得上最强的能人，自觉多付出一点理所当然，这是任何有责任心的艺术家都必须做到的。

我的处境，他是从演员李健口中知道的。他做了思想准备来找我，说话不多，真诚务实。他只表示"我会带你走"，然后仍邀我每天晚上去看演出。

裸　婚

官质斌课长的夫人是位漂亮、贤惠、能干，特别务实的四川女性。她主动跟我说老汤人温和忠厚，劝我与他结婚过日子，说他靠得住。她还请我和老汤、李健吃了一顿四川家常菜的晚饭。席间，她说她是女方代表，李健是男方代表。我和老汤的婚姻大事就这么定下来了。

老汤拍完《烽火幼苗》准备去上海，启程的前一天晚上，李健出钱又约了我和老汤，到官夫人家里吃了一顿地道的四川味家常菜，为导演送行。饭桌上，李健说，这次有媒有证才算正式结婚。

那是 1946 年 5 月 10 日，也是我刚过十八岁生日整整十天。过了午夜十二点，我和李健回到自己宿舍，我的新婚丈夫也回到他的宿舍。第二天清晨，李荫派了汽车送导演去了珊瑚坝民用机场。我当然跟着车子去送行。

这么仓促地结婚，连我的家人都不知道，就算完成了人生大事。没有信物做纪念，只有两颗火热的心合二为一，开始了白手起家的"汤氏一家"长达六十六年的幸福人生。比起今天时髦的新词"裸婚"来，我与老汤才是真正的裸婚。

蓝为洁家人。18岁的蓝为洁告别老家的父母和七个弟妹，随夫迁沪。　1946年　蓝为洁／供图

白手起家

老汤到上海两个月后，我也一路颠簸到了上海。

老汤在上海住的屋子很脏很乱。屋里除了一张陈旧的双人大铁床外，其余都是废纸箱等杂物。旧铁床是蓝底红花搪瓷架子，多处搪瓷脱落，露出铁锈，一般人睡在床上会感到格外寒碜。老汤用废报纸垫在铁条上，又铺了新买的草席。枕头是用书和衣服堆叠起来的。我睡上去试了一下，凑凑合合还算可以。参考书和换洗衣服都整整齐齐摆放在床的靠墙一边，有点人气味。新买的军毯更耀眼。

这床军用毛毯至今还在我的床上。洗洗晒晒次数多，毛已经没有了，硬得像块粗厚布。它已经不是物，而是有灵气的裸婚见证。任何时候见到它，我都青春再现，心情回到刚来上海时。当时虽然是旧上海，但是那里却是我实实在在的幸福生活新起点，汤氏一家的始发地。

到上海的那天下午，我开始整理屋子。我把屋里乱七八糟的东西统统装进两只大纸箱内，用劲推到我左边的放映室。做完清洁，才把床底下的一只大皮箱

27

打开来看，里面除了老汤在重庆用的英文打字机和他打的参考资料外，还有一个白色信封，里面装着他进"中制"时的聘书，上面写着"荐任六级编导委员"。我估计这个级别的月薪并不是最高的，因为他是拒绝日本侵占香港后要他导演英军撤出香港的纪实性影片《香港攻略》，才迅速逃出香港的。滞留桂林一年多，在靠替影院修复破烂放映拷贝和画海报勉强谋生的情况下，碰到"中制"苏怡导演的《中国的防空》摄制组，才在苏怡的推荐下进的"中制"，所以月薪不会比其他导演高。但是，跟着摄制组到了重庆，有月薪收入，有集体宿舍住，已经够满足了。

回归电影队伍，更属理想。特别是自 1934 年夏天离开上海到香港，虽然影片一部接一部，还得到"金牌导演"的崇高荣誉，但毕竟漂泊在外，回到重庆才感觉真正踏实。

当晚，老汤很晚才进门。看见屋里干干净净，高兴地说："屋里有了女主人，才算是个真正的家。"我说："白手起家，才算真本事。"

老汤还带回了一包钱。他说徐昌霖听说我来了，肯定需要钱买东西，他主动去向徐苏灵开口预支了部分酬金。有了钱，我兴奋得一夜没有合眼，盘算着先买什么。家里需要买的生活用品太多了……

购置日用品

我到徐家汇商铺街购置日用品。这里街面不宽，两边都是商铺，货架林立，走在路中间就看得见里面主人各异，但是货品乃至陈设基本都一样，有点摆出来比拼的架势。我要先找一个大方便宜的马桶。

我来回走了几次，比了标价，最后选购了一只白色搪瓷马桶。它最廉价，也最轻便，我想每天倒马桶我不会太吃力。另外还选购了煤油炉，买了一瓶煤油以及卷面，准备让老汤每天早上出门前吃饱了再走。反正那天整个上午零七碎八拎了不少东西回家，老汤带回家的钱已经花费近一半。物价还是太贵太贵。

回家后，我看了看空洞洞的"新房"，又数了数口袋里的钱，想了想生活必需品，决定先买小饭桌和四只方凳子。无论自己吃饭或者有个朋友来谈话，最起码的接待也总得有个座位吧。

四方打听，我找到虹江路木器店买桌椅。我来回走了几次，比了几次，最后买了一张长方形的写字台。它的高度和宽度与小饭桌相同，只是比小饭桌长一半，还有六只抽屉。我认为是一台二用，生活方便，工作适合。本来我想杀杀价才买的，我算了细账，带出的钱正好可以买一张写字台和四张方凳。老板很有诚意，他说不要讨价还价了，他再多送我两张凳子。我心想也适用，便付了款。傍晚时分，老板亲自踏了车子把大写字台和六张方凳搬到我家。写字台摆在屋子中间，有了它，像间有人住的屋子了。老汤回家，看到屋里有了新物件，心里特别高兴，他说："家具选得大方实用，辛苦了！"

受到表扬，我乐滋滋的，以后做事也就能更大胆作主了。

一块手表

老汤导演的《天堂春梦》公映后，媒体评论极好，认为是抨击时弊的有力作品。

《天堂春梦》的制片人徐苏灵很讲义气，审片通过就按合同付清酬金。我坚决拉着老汤到南京路去定制了一件冬天出客穿的大衣。几天后，徐苏灵说影片质量好，又派人补送了二百块钱奖金到家里来。我签收后，心里盘算着用它给老汤买块手表，他工作时没有表控制时间极为不利。钱的数目我告诉了老汤，想买表的事没有说。家里缺的必需品太多了，我担心他不让我先买表。

这样想就这样行动了。我费时一个多钟头步行到南京路，直奔四大公司钟表柜台。最后，先施公司的一位女售货员再三劝我说："新到的男式金表，买的人多，质量好，又显富贵。"我就买下了。幸好我出门时把家里所有的钱都放在小皮包里，否则还买不成。将金光闪闪的表放进皮包，我又花了一个多钟头才走回家。真是累了，躺在床上睡了一觉，醒来已是傍晚。

老汤仍然很晚回家。我把金表拿出来让他试试，他怎么也不肯戴上手腕，小声说："金表你戴最好。"最初我有点不明白，是因为工作方便我才买的，怎么我戴最好呢……我想了好一会儿才悟出：可能他不喜欢金光闪闪的刺眼颜色，甚至还嫌戴上有点俗气。

　　第二天上午，我回到先施公司要求退表。那个女售货员先是不答应，见我不离开，只好把值班经理找来。值班经理人很好，表示："退确实不行，可以换一块。"最后他推荐了当时的名牌"摩凡陀"，不锈钢、男式，还加了点钱才将表带回家。这下，老汤才改口气说："为什么不换一块女式表你自己戴？"

　　"我又不工作，戴个表做事反而不方便。"说着，我硬给他戴上。这块"摩凡陀"表很准时，他一直戴了 36 年。表面磨损了，模模糊糊很陈旧，清洗过几次，加过油，仍然很准时。到 1982 年，他带着《廖仲恺》摄制组去日本拍外景，爱国华侨蔡世金老先生送了摄制组每人一块日本最新生产的精工牌薄型手表，老汤才恋恋不舍地把"摩凡陀"从手腕上摘下……

老汤大智若愚

《天堂春梦》刚拍摄停机，制片人徐苏灵就到家里来找我。我心里有点吃惊，但还是平静地接待了他。他很直爽，感到我家一间小房不够用。我心里当然认为他说得对，但嘴上还是表示说："就两个人，也没有多少东西，好像工作生活都还可以。"说着说着，他才透出找我的目的。

他说："老汤的《天堂春梦》拍得很好，以后想加强合作，愿意帮助老汤换一套大一点的住房，已经找老汤谈过，方法是送他两根大金条作顶费，自己去买一套独居房。老汤很傻，居然不要。"

我只听着，太突然了，来不及表示看法。

徐苏灵很机灵，劝我让他收下。我问了一句："两根大金条值多少钱？"徐苏灵笑着回答："廿两黄金。"我心里一惊，这么多黄金我听也没有听说过，怎么会白送呢。我有点怀疑，便直问出口。徐苏灵才说，所谓的送，是不要还，只要老汤加入国民党，以后每年分红就抵消了。

我有点动心了，随口问道："每部戏还有酬金吗？"

33

"当然有！"他说，"不会影响日常生活开支，只是住房条件好了，生活、工作更有利。"

他见我不说话了，才看了看表说："我有事，先走了。老汤回来，你劝劝他。"

徐苏灵离开后，我一直在想：老汤为什么拒绝送上门的金条？

电影已进入倒计时公映的后期制作，他很晚才回家。我立即将徐苏灵来家里的事对他说了。他很平静地告诉我："这个金条不能要，如果我拿了，等于签了卖身合同，以后拍戏就难了。"

可能他发现我有点想要，只好继续耐心开导我说："现在拍戏的机会比在重庆好多了，就这样一部戏一部戏拍，靠堂堂正正的酬劳会生活得很好。"

尽管我没有说出心里话，而他依然觉察到了，所以他拍拍我的肩说："你是能吃苦过日子的最好的新女性，别看现在屋里空荡荡的，以后你想要的东西都会有。这件事，不要再对人谈起，就当徐苏灵没有到家里来找过你。"

我虽然照着老汤的叮嘱做了，但是心里总认为他太傻了，太傻了……到手的大金条不要，可以居住的大房子不要，太傻了，太傻了……

我去北平

老汤要去北平"中电"三场拍戏，本来想带我一起去开阔视野。我觉得以后有的是机会，还是趁着他外出的日子，把精力花在安家购物上比较务实。我小时候读过许多关于齐家治国平天下的故事书，深知家是男人搞事业的基础。我说不想去，老汤也不勉强我。

演员罗苹经常来看我。除了关心我的生活外，也说些电影圈里别人传议的趣闻故事。我也听得津津有味。有一天，罗苹又来说，与老汤一起去北平的一位风流才子，到了北平后借观察生活为题，到处寻花问柳，艳闻传到了上海。罗苹叮嘱我注意老汤行踪，不要有了异变才发觉，那会伤人伤己。我刚20岁出头，心里发急也害怕。

急躁之下，我买了一张飞机票到北平，找到老汤住的地方——宝禅室。在那里看见了在重庆认识的演员阮斐，她是项堃的夫人。她急忙把我带到她家。她告诉我说，老汤就住在她家隔高墙的大院，现在正忙得晕头转向，因为老汤带来的"中制"周彦编写的剧本，厂长不满意，正组织著名新闻记者陈北鸥将北平报上公布过的"空军行骗女伶人"的特大丑闻写成纪录性故事片。老汤经验多，与编剧日夜赶写详细分场提纲，每天很晚才能回来。

阮斐留我在她家吃了晚饭。她有两个儿子和一个女儿，家里雇了两个保姆，一个专管小孩，另一个管一日三餐。项堃也很忙，直到我们吃完晚饭，他才回家。知道老汤还不晓得我到北平，他立即亲自去通知老汤，让老汤早点回家。

老汤真的匆匆赶回，见了我很惊喜。我告诉他罗苹说过的话，他笑着表示："你怎么会相信她说的话？我和罗苹说的人虽然同住在宝禅寺，我们各自的房间都很大，也很忙，连见面的次数都不多，怎么可能去逛什么地方呢。以后听到什么不三不四的闲话，千万别相信，吸取这次的教训。你一个人走，出了事怎么办？"

我虽然有点后怕，但是毕竟也到了北平，还是很快就转忧为喜。不过，我想看故宫的希望还是落空了。

老汤说，他到的第二天就去看了北平的几个名胜景点，现在没有时间再去一次了。于是，我跟着他去了东安市场的旧书店，买了需要的工具书和参考书后，我坐上三轮车回宝禅寺家里，他去与陈北鸥继续投入剧本的编写。"中电"三场派了厨师每天专门为我做饭。我吃得少，厨师做了很多，倒了可惜，我总是让厨师把给我准备的饭菜送到阮斐家。我一个人的伙食，和阮斐全家吃。厨师见顿顿吃光，十分高兴，越做越多，越做越好。

　　见我吃得太少，阮斐以为我水土不服，特地请了协和医院的专家为我检查身体。她是项堃和阮斐的好朋友，有点像他们家的保健医生。检查结果，不是水土不服，而是怀孕了，因为太累，时有出血，叫漏胎。她开了药，让我每天尽量少动保胎。此后，情况真的好转。老汤特别欣喜，小声说："都36岁了，应该有自己的儿子了。"我却很淡定，因为我在家里是老大，共有三个妹妹、四个弟弟。我并不觉得家里有新生婴儿会有奇特变化，所以除了每天多休息外，照常吃吃喝喝、走走玩玩。

采购婴儿用品

　　我在北平住了两个多月，比老汤先回上海。回到上海，我顾不得休息，首先到离家最近的小店买煤球炉和煤球。有了小孩，不能再靠煤油炉过日子了。煤球店的老板服务态度非常好，答应日后也包送上门，为我省了许多麻烦。那时煤球炉已有改进，晚上可以封闭不熄火，第二天早上打开炉门就自动烧旺。煤球和煤球炉都放在房门外的过道上，三家人有三只炉子，热气直往屋里灌。还好三家人都很识相，不用煎、炸、炒，否则油烟更呛人。还有小玩意儿，如奶瓶、奶嘴、奶粉等，无论什么，只要想到的，都买回家以备万一，甚至连蜡烛和火柴都备齐全，万一碰到停电，有小孩不像光是两个大人，特殊情况忍不了。

　　特别伤脑筋的是小孩的尿布。我们家没有多余的洗过的被单之类比较软的布条可用，只好到布店淘细纱布，既贵又不容易买到。有人出点子说用新布与别人家换旧布，我又嫌脏。烦来烦去，手里只有好不容易才买到的几块白纱布，只好用剪刀把它剪开，再用粗针大白线缝制成一般人家生孩子用的特殊性尿布。

还有家里必备的药、棉花、酒精等，瓶瓶罐罐，只有多不会少。幸好这时罗苹还在上海，她三天两日来看我，也带些婴儿必备的手绢、围嘴、小衣服来，很漂亮，也很实惠，我十分喜欢。她知道我想生个儿子，还买了一件空军式儿童上装。她说，无论是男是女，到一岁多会走路时穿上都很神气。我很留心地把它收藏在老汤那只大皮箱里，以防散在外面弄坏了原形。

1947年10月份，老汤也已回上海，我的大儿子沐黎出生了。1949年上海解放后，随着小儿子沐海的出生，我们开始了一家四口的生活。

薪水太少

1950年3月，老汤接到通知与吴永刚同去北京。那时出差要自带铺盖和日常生活用品。我急忙把未满一岁的小儿子抱到隔壁梁山家，托他的岳母代我照看一会儿。我带着大儿子去徐家汇买包铺盖卷的油布，那是用土法将土布浸泡过桐油后晒干制成的，这样不怕雨淋。一块大油布是由几块窄幅土布拼起来的，硬实厚重，我很吃力才把它拿回家。为了省三轮车钱，我是一手提油布一手牵儿子。大儿子能干，我走不动了，要停停脚时，他也站着不动。我们都很累很累，但还是走回家了。被子也从床上分一半供老汤打包带走。至于小零碎（如电筒、电池、剃须刀等），附近小店都能买到就不怎么费事。只是打包的时候，梁山和老汤两个大男人都弄得满身大汗方才捆扎好。

晚上，老汤提出来要每月给他汇四分之一的薪水去。因为家里四口人，每人平摊一份。那时薪水极低。他走后，我想来想去还是给他汇去一半才放心。他一个人在外面，常常与友人进进出出，难免增加开支，太少了自己不方便，也被人暗中当笑谈。他到北京后，除了集体学习外，还有一个心愿——想得到导演任务后再回上海，所以学习完了他必须耐心等待。那时制度规定，中央电影局统一分配任务。僧多粥少，他花再多的开支也不能轻易回上海，否则白跑一次北京，前功尽弃。我知道他的处境和心愿后，每月给他寄钱时，都是总收入的四分之三，这样等于他一个人在北京用四分之三，我们三个人在上海才用四分之一。他当然心里有数，每次写信他都认为"自己用得太多"。其实不是他用得多，而是薪水太少，只能是我在家里勒紧裤腰带过日子。

缝纫机的故事

为了节省布票，我到百货商店去买了一台利用旧零件组装的"飞人牌"脚踏式缝纫机。利用晚上时间，自己动手"旧翻新"，或者"大改小"，照着服装店出售的衣服纸样自己做衣服。因为都是深更半夜做，两只眼睛迷迷糊糊，做工很差。白天再看，缝线歪歪扭扭看得很清楚。尤其衣服口袋，我不按纸样规定的尺寸，而是就布料的大小做，造成四个口袋不同，甚至位置有高低。虽然差不了多少，但别人一眼就看出。老汤人好，他从不嫌弃我做工差而不穿。

不过厂里个别人还是爱当面善意地点一点。智世明与老汤和我都比较好，她不止一次说："这衣服又是蓝为洁做的吧？！"

老汤一如既往微笑回答："是呀，她晚上做得很晚，很辛苦。"

智世明继续说："这口袋？"

老汤索性明确表示："这口袋很好，比买的衣服大，我什么东西都可以装进去，用起来方便。"

以后，智世明也像别的女同志一样，看在眼里，再不谈老汤衣服做工好坏了。偶尔老汤也风趣地告诉我，除了智世明，别的男女演员都爱小议他穿的衣服。

我很少生气。有一次，可能因为别的事心里不太舒服，听了议论觉得刺耳，我忍不住说："谁看不惯，买几套新的送来，我照收。"老汤又是轻轻拍拍我的肩膀，让我消消气。这以后，我才开始放慢速度做得仔细一点。太差的地方，拆了重做，算是有了改进。

我给大儿子做的衣服，有的同学挑剔说："你家以后买米不用布袋了，你妈做的衣服口袋就能装 10 斤米。"

这几句话传来传去，变成"汤沐黎就是穿着衣服去买米"。所以大儿子很平和地对我说："妈妈，以后做衣服口袋不要一个大，一个小，也不要一个高，一个低。"

我一听就知道是哪个同学说的，用有点发火的口气叫他把说三道四的同学叫来。大儿子人很忠厚，还问"叫他来干什么？"，我说，叫他回去告诉他妈赶快买了新衣服送来，惩罚他们母子。小男孩变长舌妇，是母亲教子无方。以后大儿子也再不说我做的衣服不好了。

我的这架缝纫机在 20 世纪五六十年代时就与我同甘共苦，惺惺相惜。它已经不是物，而是灵。三年困难时期，我靠它拼拼凑凑、缝缝补补渡过难关。直到新世纪，崔永元电影传奇馆的老孙才把它搬运到北京永久性陈列。挂在缝纫机边上的还有一件我用碎布条拼成的背心，是我从身上脱下来一起送到北京的。现在国产"飞人牌"缝纫机早已听不见人提，看不见店里出售了。

蓝为洁勤俭持家　1958 年　汤晓丹 / 摄

最真诚的评价

　　1950 年的冬天，上海特别冷。偏巧老汤要从我们住的沪西换乘几次公交车到沪北的技术厂去做《胜利重逢》新片的后期。我担心他早出晚归冻坏脚，便到徐家汇小店去挑了一双蚌壳形的棉鞋，手工做的，很结实。我手伸进鞋里立刻感到暖和，虽然觉得贵，但也下决心买了。本来也想为自己买一双的，试来试去认为太贵不买了。

　　第二天蒙蒙亮，老汤就穿上新棉鞋高高兴兴走了。那时按倒计时出片，八个摄制组的导演都只能猛加班。老汤也不例外，靠浓咖啡和香烟刺激神经，硬撑着七天七夜不出工作室。

　　第八天的凌晨，老汤拖着沉重的步伐回到家，刚躺上床就鼾声大作。我轻轻为他盖上被子时才发现他脚上穿的不是我买的新棉鞋，而是工作室的破烂旧棉鞋。我很想推醒他问问怎么回事，见他熟睡得"太可怜"的样子，狠了心缩回手，坐在屋里等他醒来再说。

　　直到第二天傍晚，他才动动身子张开眼睛。我劈头就问："你的新棉鞋呢，怎么没有穿回来？"

他这才吞吞吐吐地说："走的时候找不着了。"

我马上追问："是不是有人穿错了？"

老汤不得不说："不像穿错了，因为门口没有多一双便鞋。"

乍听，我就火了，心疼了，忘记了他是连续工作了七天七夜的人，我怒气冲冲埋怨："你知道那双鞋子多贵吗？我想买一双都舍不得。你说得倒轻巧，穿双破烂工作鞋回来就算了。"

老汤急忙订正说："现在单位穷，这双旧鞋是借的，还要还回去。"

一双棉鞋的丢失，我气了几天。虽然嘴上不再挂着"棉鞋"二字，心里还是很肉痛。不出我所料，那双棉鞋再也没有找回来。老汤在单位还不敢说，害怕别人说他污蔑革命群众偷鞋……只有我，每年冬天都耿耿于怀。也可以说想忘都忘不了，我对这双新棉鞋记了一辈子。

那年，"上影"是第一次完成八部工农兵题材新片，舆论反响很好，领导也满意，决定发双薪让全厂职工过好年。我兴奋极了，发薪水那天，我早早到厂里领了老汤的双薪。满心欢喜回到家，这才发现领的双薪像变戏法一样不翼而飞了。在哪里丢失的，我一点也不知道。我顿时痛心疾首大哭起来。老汤知道了，却一点没有责怪我，而是用手轻轻地拍拍我的肩，劝我说："算了，就当没有发双薪。"

我听了火冒三丈，立刻迁怒于他，厉声指责："你倒讲得轻巧，那么多钱没有了，就算了吗？那么多钱能做多少事，买多少东西，你知道吗？要多久才能节省出来，你知道吗？"

一连串的责问，好像丢钱的是他而不是我。老汤不说话了，仍然拍拍我的肩，意思是劝我息怒，安慰我静心休息一下。

那个春节，我们宿舍家家户户喜笑颜开，只有我家，严格地说只有我哭哭啼啼伤心极了。第二天，我的好朋友庄珉问我怎么回事。我才一五一十对她说了。她和老汤一样也安慰我不要再想不愉快的事了。因为我和庄珉非常要好，我忍不住也像对老汤一样反问她："那么多钱丢了不想，还算人吗？"

庄珉知道我的个性，笑着回到她自己的房间。

我的大儿子用手将我的眼泪抹去。我一把抱着他，自言自语忏悔道："妈妈不是个好妈妈，差点连你都丢了。"

那是几个月前的下午，阳光温和宜人，我带他到楼下玩，不知怎么两眼没有盯牢他，眨眼不见了儿子。我跑呀，找呀，在大门外、弄堂里穿来穿去，边哭边叫……终于在一家卖杂货的小店前看见他独自站着。我心疼地抱着他。这时，他才抱着我的头哭了，我也哭了。原来在门口玩时，他看见二楼的大姨妈拿着瓶子往外走，小孩好奇地跟在后面。大姨妈并没有发现他，买完油就回家了。我的大儿子人小聪明，没有看见大姨妈时，他不哭不响，乖乖地站着。直到我抱起他，他才哭出声来。后来看见报载不少儿童就是在这种情况下被拐子带走卖掉的。我好后怕啊……

所有这些，我都如实对老汤说过。他非常宽容，没有责怨过我，只是轻轻地拍着我的肩，小声表示："难为你了，学做妈妈难啊！耐心把儿子带大，他们兄弟将来会大有前途。"

我也曾多次问过老汤，我这么多缺点，他怎么能容忍的。最初他只是笑笑，什么也没有说。可能被我追问太多，他才简单地说："你的缺点不少，但是优点更多。你的缺点比别的女性突出，你的优点也是

47

别的女性难有的。比如为了我和两个儿子，你宁愿苦自己，起早摸黑干，甚至从不吃好的、穿好的，也要把所有节省下来的钱都付在培养儿子上，这是一般女性、一般妈妈、一般妻子都难做到的。我容忍的不是你的缺点，我发现你自己很能反思，悟性强，在生活中你不断在克服自己的毛病，有这些就够了。"

这是老汤一生中对我最真诚、最关爱、最信任的评价。我想了一辈子，也记忆了一辈子，受用了一辈子。

老汤对我娘家人也好

1951年国庆节放假，连头一天星期日加在一起有两天时间在家。那年正好老汤也从外地回上海，全家四口算正儿八经第一次享受家庭之乐。

这时，我的父母带着我的七妹和九弟，没有告诉我就乘船到了上海十六铺码头。四个人坐一辆三轮车照着我写的地址摸到了我们那幢房子大门，对门牌号没有错，付完车钱就自己上楼来了。老汤十分高兴，立刻热情迎亲人。两个儿子很陌生，直往父亲身后靠。我则忙着打扫楼下一间非常小的空房子。幸好屋里有老汤初到上海时罗静予留下的双人大铁床，铺上被子和垫褥，晚上四个人可以挤着睡觉。

自后，我心里有些厌烦，主要是我习惯了早上出门后，深夜再回家，儿子在托儿所也没有牵挂。突然家里又多了四口人，我若不管，情理难容，但是我要管的话，精力和经济实力都不够。我厌烦的情绪又恐引起娘家人的误会，以为我不欢迎他们到上海。实际上，父母也是迫不得已才背井离乡远行的。因为我家人口多，抗日战争爆发后，父亲在重庆市税局的工作被遣散。父亲只好携儿带女共十口人回老家，还买了点风水并不好的田地，每年收点租，勉强够全家老小填肚子。当时的"土改"政策并没有把父亲评为地主成分。根据新中国成立前夕他主动帮助乡农会减租减息做工作的表现，将我家定为开明士绅，有《毛泽东选集》中所说的李鼎铭先生的待遇，批准全家迁到重庆。因此四个人到上海，还有五个人留在重庆我二妹家里。

我比我的七妹大 12 岁，她正好小学毕业。到了

49

上海就吵着要读书。她很勇敢，要父亲陪她到离家附近男女生混合的沪光中学报了名。我知道后才带她到江苏路上的上海市第三女子中学重新报名，上1952年的春季班初中一年级。那是当时上海的贵族学校，学杂费、住宿费都很贵。她的成绩每学期第一，还是班上的团支部书记。著名女导演黄蜀芹是她的同班同学，她还是黄蜀芹入团的介绍人。我曾经想她读完初中后就到北京"新影"学洗印，她大哭大闹要读完高中和大学。老汤极力支持她，还暗中给她零花钱和买参考书，每星期她回家，老汤都大把大把抓糖塞进她的口袋。所以她对老汤特别有感情。

1957年，七妹被高分录取到武汉水利学院（现武汉大学水利水电学院）。毕业后到长江流域规划办公室（现长江水利委员会），从一般专业人员晋升为工程师、水利专家。如果不是老汤长期劝说我让七妹多读书，我想七妹很难成为今天的优秀工程师。因为七妹是我的娘家人，她的成长，我格外感同身受。

老汤生病住院期间，我弟弟妹妹们和下一代都格外揪心关怀，可见老汤的实际行动多么深刻地烙印在我所有娘家人的心上。这就是人们常说的"种瓜得瓜，种豆得豆"，也可以叫作真爱的收获。老汤的言行不但教育了我，也对和谐家庭有借鉴作用。我想老汤对处理家庭关系的行动也是站得高，看得远，起到了真正助亲为乐的示范作用。

蓝为洁娘家人在上海襄阳公园
从左至右：蓝为季（七妹）、汤沐海、蓝知义（父亲）、汤沐黎、蓝为洁
1955 年　汤晓丹 / 摄

第二章

悉心育子

我有意识地培养他们成长成才，让他们靠自己的实力、睿智扬名天下。

沐黎出生

1947 年 10 月 22 日，星期六，天气晴朗。

我和老汤正坐在阳台上晒太阳，心情非常愉快。老汤拿着英文版的育婴书在一条一条口译给我听，我虽然不是很感兴趣，但是听总比不听好，所以我还是本着对科学育婴知识的渴求认真听着。为了南北通风，我家房门开着，三楼只有我和老汤两个人，安静极了。左右两间屋子是放映间和剪辑室，根本没有拍片子，也没有工作人员。当时连房租都不扣，能有这么好的条件很不错了。

突然，楼梯上传来上楼的脚步声，我有点好奇，走出房门往下看，原来是电影明星黎莉莉从美国回来了。我们这间住房是她丈夫罗静予过往的留足点，她没有来过。这次是来看老汤，也看看"中制"宿舍的其他几户人家。老汤很高兴，听她介绍在美国访问期间的种种奇闻趣事。

为酬谢她的丈夫给我们房子住，老汤一定要请她到南京路上的"大三元"吃广东饭菜。我们分乘两辆三轮车，摇摇晃晃到了酒店门口。走上二楼刚点完菜，我就感到肚子疼，最初还忍得住，后来疼痛感越来越重，我忍不住掉下了眼泪。黎莉莉说可能是路上折腾时间长，要提前生产了。老汤急忙付了钱，送我去了最近的仁济医院。

当晚我就生下了大儿子沐黎。他小得可怜，在保温箱里养了近一个月，还把父亲的血抽出来，注射到儿子体内以增强抵抗力。我们母子二人在医院住了近40天才回家。那时老汤正好没有工作，每天到医院来看我们。他都37岁了，才有个儿子，当然宝贝万分。

回家后，儿子半夜常哭，老汤读英文书又翻字典，在小屋子里忙得团团转。儿子身体太弱，妈妈的奶吃了不消化，医生叮嘱每次喂奶还要先用吸奶器把奶抽进奶瓶里，加少许白开水冲淡了才让儿子吃，否则他的大便是一块一块不消化的奶白色块状物。

天气渐渐转凉，尿布太凉，儿子肚子遭冻也拉稀。邻居金八小姐给我找人，做了一件比较肥大的棉长旗袍。这是老汤设计的，上身两边都用揿纽，将冷尿布塞进胸前大口袋，用我的体温让尿布变暖。这样，儿子就不会受冷着凉了，我却一直在凉热交替中生活。

这就是妈妈的爱。为了儿子，我吃再多的苦也心甘情愿。

我的被窝里一直放着两块小棉垫，半夜儿子尿湿了，我将小棉垫轻轻抽出，抱着他翻个身，让他睡在热乎乎的干棉垫上，一夜到天明。他不哭不醒，很乖。我也像抱个热水袋一样，暖和极了。我们母子像一个人，他离不开我，我也离不开他。最冷的寒冬腊月，我们母子每晚紧紧抱着入睡，过得特别温馨。

天天吃鲥鱼

别看物价飞涨，对我家的影响并不特别大。

因为人少，杂支不多。我每天或者隔天必须去弄堂口的小马路买菜，其他方面我不出去就不会花钱。我经常买的是大块中段鲥鱼，只要用自来水冲一下就可以清蒸或少量水煮。鱼鳞都是我吃了，它肉嫩、糯、香。我在四川根本没有吃过鲥鱼。买的时候，是比其他鱼贵，但是烧和吃比其他鱼类实惠。我们宿舍的邻居不像我家连大带小只有三人。我盘算过，吃鲥鱼不但开支不会增加，反而既营养又好吃。我常常在鲫鱼边上加点红萝卜片或者几根绿色菜心。我的大儿子一口一片红，一口一片绿，总是张着小口等我喂进嘴。望着碗里最好的东西都进了儿子的口，我比自己吃了还舒心。

所以，自从有了大儿子后，我基本不留别人在我家吃饭。实在有客人，最好的东西得先请客人。如果不愿意请别人，最好的办法就是不留人同桌进餐。

顿顿罗宋汤

老汤吃饭，每顿离不开汤。因此，我买了一口很大的锅专门烧罗宋汤。

那时离我们家不远的福开森路九层楼下的店里，全是对外营业的高级商店。有专门洗衣服的，有新鲜面包店兼售糖果饼干的，有洋酒房，还有一家专卖新鲜牛羊肉的铺子。在我的记忆中，除了肉类外，还有杀好的肥鸡，个大、肉洁净。我每次去买的都是新鲜牛肉，都是没有冷冻过的热气肉。它的价钱比小菜场贵，东西比小菜场好，顾客可以随意指定切下。我总是买牛腱子部分，肥瘦都有，肉嫩容易烧烂，营养都在汤里。我买的番茄都是真正熟了才摘下来放在菜摊上供人选购的大红番茄。洋山芋、卷心菜、洋葱等都是上好品种，所以熬出来的罗宋汤应该说比霞飞路上小店家的质量好。它的浓度适宜，对大人小孩都好。我每次烧一大锅，可以吃两天。

这样，我每天只烧饭并不花多少时间。通常每人一碗汤，桌上大盘鱼，加上泡豇豆炒肉末，荤素都有，进口不腻，胃里也很舒服。

沐海出生

说来真有点冒险。上海准备解放前，人人都很忙乱，我在那时怀上了小儿子，后期还挺着大肚子操劳，根本没有到医院去检查和办理住院手续。就在上海解放的两个多月后，我一点思想准备都没有，小儿子沐海在家里就出生了。幸好几个邻居都是多产妈妈，都有在家生孩子的经验，她们都围到我家，很快就把新出生的小儿子护理好了，让他安睡在哥哥的小铁床上。

第二天我就下床照顾大儿子。因为这个阶段大儿子比小儿子需求高，要定时喂他吃喝，为他准备合适的饭菜。小儿子睡在小床上不哭不闹，除了吃完奶安睡外，还张着眼睛看新世界。

大儿子很喜欢弟弟，总是站在小床边摇小铃铛给弟弟听。这种有母体血缘的亲情是天生的，望着他们，我产生了年轻妈妈的幸福感；望着他们，我会闭上眼睛打个盹儿休息片刻。休息是为了有更多的精力辛勤付出，这就是母爱情深。

我回想起在老家乡下，母亲常常说："带一群儿女比带一两个孩子容易得多，轻松得多。"所以许多妇女只管生，难求优育。我则不然，我下定决心，一定要把两个儿子都培养成才。

四川人有句口头禅是"一笼鸡总有一只会叫"，隐喻一群儿女总有个把会出人头地。我认为，我只要两个儿子就够了，两兄弟小时有伴，长大心心相印，互助互爱，互相促进。汤氏人家只要汤氏父子都功成名就，我做保姆也满足过瘾。所以，我很注意从儿子的爱好中找他们的天赋、爱好和不同的个性。换句话说，就是有意识地培养他们成长成才，让他们通过自己的爱好，勤学奋斗，积累真本事，靠自己的实力、睿智扬名天下。我的这个想法在当时社会里是犯忌的，所以我只能隐藏在内心深处，悄悄观察，悄悄行动，甚至在老汤面前都不曾流露，也不敢流露。

终于，我发现大儿子对色彩、对涂涂画画有特殊爱好，也有天赋。所以我花钱买了比较厚的白报纸让他随意取用。

小儿子与大儿子略有不同，特别喜欢声音。听哥哥摇小铃铛时，他学会了眼神跟着声音的方向转动，然后自己也会用小手拿着铃铛摇，让它发声；还常常用自己的两只小脚丫摆动与声音快慢相同的节奏。我断定他的听力特别好，对声音的记忆力很强，所以买的玩具都是会发声的，让他自己用小手拨弄发出长短大小不同的声音，他还会"嘿嘿嘿"发出笑声。

小兄弟俩互相关爱

　　我的大儿子沐黎只比小儿子沐海大一岁多。小哥哥特别爱他的弟弟小海海。在我忙家务的时候，小海海总是在哥哥睡过的小吊床上睡着玩。他们笑的时候多，咿咿呀呀发嗲的哭声少。小哥哥站在小床边用小手摸摸弟弟的小脸，还摇小铃铛给他听。说也奇怪，弟弟不但小脚丫会跟着铃声快慢摇动，还学会了自己拿着铃铛摇，并总是"嘿嘿"发笑。老汤一直在外地东奔西跑，儿子的这些可爱活动，他感受得并不多。

　　晚上，我担心小儿子一个人睡觉冷，总是把他抱到大床上，我们母子三人挤在一起特别暖和。小兄弟每人一条小被子。我是一条大被子，也用一只角盖在儿子的小被上。大儿子自幼体弱多病，和我睡一头，小儿子在另一头睡，不哭不吵，好带极了。早上醒来，小儿子见我就笑。我对他说："哥哥身体不好，我先帮他穿衣服，他不能受凉，凉了要生病。"

　　我不知道他能不能听懂，只是见他"嘿嘿嘿"发笑。轮到我帮小儿子穿衣服时，他更乖，总是用热乎乎的小头靠紧我的胸口，让我这个年轻的妈妈感到格外舒心，把日夜所有的劳累忘得干干净净。

　　我有儿子做伴，埋怨老汤不管家的情绪自然消失。

蓝为洁和两个儿子，左汤沐海，右汤沐黎　1951年　汤晓丹/摄

沐海的音乐天赋

　　我的两个儿子性格不同。在我的记忆中，大儿子很少哭，有股坚强的倔劲儿。小儿子则爱时不时发嗲小哭几声。我总是心疼极了，急忙放下手里的活儿去抱他、哄他，他的小脑袋又热乎乎地紧紧靠着我的胸口。有时，他很快止住流泪，带着泪珠东张西望。两只特别明亮的大黑眼睛不停地转动着，好像在寻找什么，时而又憨笑出声，非常可爱。最初几次，我还以为是我给他的爱让他情绪转变。次数多了，我才察觉出是远处高音喇叭播出的"解放区的天是明朗的天……"的音乐吸引了他，他才破涕为笑的。我的新发现，让邻居梁山的妻子庄珉知道了，她也很惊讶。以后，只要听到海海的哭声，她就三步并作两步到我家，抱着海海到她屋里扭开收音机，音乐声起，海海就会露出笑容。庄珉比我略大，曾就读于北京辅仁大学财会专业，是有学问的女强人。她总是对我表示："我就喜欢看你的小儿子听到音乐便停止哭泣的高兴样子。"以后，老汤回家，我急忙告诉他小儿子爱听音乐的新鲜事，他当然格外高兴，忍不住说："像我

呀！""怎么会像你呢？你又不是音乐家，我也没有
发现你有音乐天赋，像我还差不多。"老汤似乎有点
委屈，小声说："我小时候真的很喜欢音乐，只是没
有条件学音乐。"

自那以后，我们就决心要培养小儿子做音乐家。
我给他买的玩具都是能发声的小钢琴。他拿着钢琴会
自己用小手弹着玩很久，发出的声音长短大小各异，
甚至还有重复的。现在回想，还真有点作曲的味道呢。
所以，在海海的记忆中，他会说："我从小没有玩过
玩具。"

原来，他把能发声的小铃铛、小钢琴都不当玩
具"耍"，而是在研究它的声音。也可以说，是他自
己在琢磨声音的旋律和声音的构成，所以他能敲击出
自己所想要的快慢节奏。

65

老汤的办法，就是拿出各式各样关于声音的有图
例说明的工具书，让小儿子学着自己翻看。这是他认
为最有效的自学成才之道。我发现拿不发声的东西给
小儿子，他还真不喜欢。比如给他一个大红苹果，他
首先是用力摇，没有声音出来，他就翘着嘴放在旁边，
再也不拿它了。我把饼干桶给他，他喜欢从桶里把一

块一块的饼干取出来，不是放进嘴里吃，而是把饼干扔远、抛高。可能他喜欢听它下落时的声音，所以有时会用小手抓几块饼干一起扔远或抛高，听到淅淅沙沙先后掉落在地板上的响声时，他欢喜得"嘿……嘿……"笑声不停。

工作心切

隔壁邻居庄珉觉悟比我高，她在新中国成立之初就主动报名参加里弄义务劳动。早出晚归，没有收入只讲付出，情绪特别好。中午急急忙忙奔回家，站在她自己家的房门外过道烧饭菜。梁山心里疼爱她，想让她休息一会儿，嘴里说的则是："你做不好，让我来。"然后，一把把她推进屋，让她到床上休息。

庄珉对义务劳动的积极很刺激我。我认为应该把儿子送到离家最近的湖南路幼儿园去，只有安排好了儿子，我才有可能摆脱家务缠身。我真的去为大儿子报了名，也缴了托费。第一天送大儿子去幼儿园时，我起得特别早，让他吃完早餐。我抱着小儿子，牵着大儿子大约走了十分钟就到了托儿所。阿姨很快把大儿子接过去，用手推着我快点走。刚转身就听见大儿子哭喊着："妈妈，不要把我送人，我听话会带海海玩……"

我的脚再也迈不开，站在幼儿园门外心疼得流下眼泪。听见大儿子越哭越厉害，喊声越来越大，直到有点嘶哑时，我忍不住快步推门进去，看见大儿子一个人站在转角小栅栏边，满身湿透，满脸泪水，我心疼极了，不知从哪里来的那么大力气，用一只手就把大儿子也抱起……小儿子很懂感情，用小手为我抹眼泪。大儿子紧紧抱着我的头说："妈妈，不要把我送人……"

可能是我平常说过，你不听话我把你送人，这时他用上了，用得最恰当，最刺我的心。

我对阿姨说把儿子带回去。这时,阿姨狠心表示："回去可以，钱不退。"

我头也不回就把两个儿子抱离了幼儿园。以后再没有去过。到了马路边，我才把大儿子放下，让他拉着我的衣角，我们慢慢走回家。

折腾了一上午，我们母子三人都躺在大床上睡了一觉。我也慢慢平静下来，认为自己太性急了。心急吃不了热豆腐，心急也让儿子进不成幼儿园。半夜老汤回家，我才把送沐黎去幼儿园的事对他说了。他真好，轻轻拍拍我的肩安慰我说，自己懂了就好，你会成为一个好妈妈的。这时我才醒悟到：学做妈妈不容易，学做好妈妈就更困难。我下定决心再难也要做好。

育儿反思

《胜利重逢》在电影院试映时，老汤拿回两张入场券，让我带着大儿子去看，他在家带着小儿子玩。第一次看他导演的新片，只觉得眼前闪亮，我没有他的修养好，当然喜于面、乐于口，也暗中在好朋友庄珉面前说几声乐滋滋的好听话。

晚上，大儿子突然问我："什么叫'命根子'？"

这是电影里的一句台词，老农民说："土地是我们家的命根子。"

没想到这句话会在三岁的大儿子心里留下记印，

并提出了问题。我非常高兴，对他说："命根子就是宝贝得不得了，你就是妈妈的命根子。"他似乎悟到其中深奥，顺口回答："我懂了，我就是妈妈的命根子。"稍停，大儿子又自言自语重复一遍我的话："命根子就是宝贝得不得了。"他很得意，望着我笑了，他笑得那么天真可爱。

天气逐渐转凉，我把罗苹还在儿子出生前送的衣服从箱子里取出来，让大儿子试试。结果穿上正好，像在店里挑选出最合身的一件新买回家的一样。儿子高兴。

下午睡过午觉，像往常一样，我抱着小儿子，让大儿子用手拉住我的衣角，母子三人到弄堂口外的小路上走走。大儿子穿上了新衣服，自觉神气，像大人一样将两只手插在口袋里，不拉我的衣角了。走着走着，他一跤滑倒在地上泥水里。我心里责怪他不听话，但是没有说出口，抱着小儿子放慢脚步往前走，没有管他。我听见他自己爬起来，走到我身边，这下子拉着我的衣角不放了，嘴里还说："不是命根子！不是宝贝得不得了！"

我解释过的那句《胜利重逢》电影里的台词，他

69

学以致用，我顿感十分恰当。他真的懂这句台词了。

晚上，我翻来覆去睡不着，觉得在处理儿子摔倒时的态度不像个好妈妈。我悟到对待儿子的成长必须亲情加友情，厚爱与宽容同时并重。亲情有它自私的成分，儿子不听话时，会责备惩罚他，而友情则会宽容、冷静，以友爱对待一切。通过这一反思所得的教训，使得我和儿子平等互爱，像朋友一样相处。

儿子入托

我想找工作，所以决心把两个儿子送到黄宗英管理的上海剧影协会托儿所。那里有一岁就可以全托的娃娃班，正好两个儿子一起去。我的观点是，再好的爷爷奶奶和外公外婆都免不了溺爱小孩，使他们在成长过程中受到不良影响。唯独托儿所老师有所准备，他们对小朋友施教属科学培养。至于收效程度当然难以预言。我特地找了个上午亲自到剧影协会托儿所去了解情况。一位姓汪的老师听我说了湖南路托儿所的情况后，没有批评那里的不是，而是耐心要求家长与托儿所配合做好小朋友的思想工作。她拿了厚厚几本参考资料给我，我答应回家读给儿子听。果然，大儿子说："这个托儿所好，我和海海都去。"

我办好了所有手续后，买了一架玩具小钢琴，颜色选得与家里那架不一样。我在儿子入托前一天就把小钢琴送到汪老师手上，希望第二天汪老师拿着小钢琴出来接海海。果然灵得很，海海从老师手上接过钢琴，熟悉又有新鲜感，当场就弹出声音来。汪老师顺势从我手上把海海抱进教室，他一声没哭，兴趣很浓地玩起新钢琴来。大儿子看见弟弟高高兴兴进去了，也跟着老师进了教室。

我没有马上离开，而是在托儿所外面转了好一会儿，没有听见儿子的哭声，才慢慢回家。晚上，我再到托儿所去转转，没有听见我儿子的哭声，就连别的小孩都没有哭哭闹闹的。就这样，儿子们顺顺利利开始了入托生活。

星期六下午，我按规定时间把两个儿子接回家，星期一早上再送去。儿子习惯了集体生活，我定下心来，才到中苏友好协会办的俄文补习班去读夜校。我选的是每周一、三、五三个晚上听课，除买书付款外，读书不收费。学校要求四年毕业后能读、能听、能写、能译。没有中文辅导，只有俄籍老师，从字母学起。我的进度还不错，心情也舒畅，仿佛回到学生时代，生活另有一番情趣。

后来，我考上了"上影"，成为"上影"正式员工后，我给儿子申请进"上影"新办的托儿所全托。"上影"领导十分重视妇女和儿童的教育，办托宗旨为"十年树木，百年树人"。他们聘请了毕业于燕京大学家政系的朱茂琴作保教主任，专职所长是人事科的舒群同志，还有医生和护士负责所有儿童的健康。费用比原来的剧影协会托儿所低，地点在永福路52号，是被接管的花园洋房中最好的。我当然第一批就提出申请，两个儿子分别进了中班和小班。汤氏小兄弟自幼就接受良好的学龄前教育，为以后升小学、中学乃至读大学打下了扎实稳固的基础。

老汤的教育观

老汤对两个儿子的教育煞费苦心。

只要儿子回家，他最喜欢把两个儿子拉到自己身边，两只手摸着两个儿子的头问："这个星期你们又学会了什么东西？"小儿子十分可爱，抢先回答："新歌。"大儿子则叙述他看到海海在小班当小先生教小朋友唱歌，可是从来不说他自己的画被老师选出来贴在黑板和墙壁上的事。这时，老汤高兴得很，急忙叫小兄弟把自己的"家长联系簿"从小书包里取出来，他仔细读老师写的评语，总有"有音乐天赋"和"有绘画爱好"等话。老汤情不自禁把两个儿子紧紧抱住，嘴里不停地说"好呀，好呀！"，展现出父亲对儿子未来的期盼。他从心里感到后继有人。

深夜，等儿子都睡觉了，老汤才从高处将他珍藏的《苏联国立俄罗斯博物馆画册》等图书取出，放在儿子可以随意取阅的小台子上，但他从不叫儿子有空多翻翻这些珍贵资料。他只暗中注意他们的兴趣。有一天半夜他突然说："我发现两个儿子都很爱自己翻书找乐趣。"稍停又补充："我小时候就是这样自学的，

73

可惜那时祠堂里只有'人之初'之类的识字课本，没有其他参考书可读。"我白天做家务太累，很想睡觉，他说他的，我没有搭理。我只听他说到"你也爱读书，儿子像你"就入了梦乡。所以后来有记者问老汤怎么培养儿子时，他只说："我把花高价买回家的参考书都主动放在他们阅读最顺手的地方，培养他们的自学兴趣。"

那时，托儿所规定每周六傍晚接小朋友回家，每周一清晨送回去。两个晚上和一个星期天，如果老汤刚好在上海，他总是再忙也要安排时间与儿子在一起不停地说话。在我的记忆中，老汤最爱反反复复问的是："你长大了做什么？"小儿子不但自己表示要做"音乐家"，还代哥哥说"沐黎长大了做画家"。托儿所生活养成的习惯都是互相叫名字，不称哥哥弟弟。在家里也这样，自然亲切。

老汤还准备了厚的画纸，引导大儿子照着学画。他先画，儿子后画。慢慢地，儿子自己学会照着画册上的习作画。他对儿子说，一张纸画一幅可以，画几幅也好，就是不能在书上乱涂乱画。儿子乖极了，真的照着父亲的叮嘱自学画画。

有一次，译制片厂要把苏联原版片《画家苏里柯夫》译成中文版，在进行前先看原版片。我急忙到托儿所把两个儿子带去看片子。小兄弟十分专注，认真细看。小儿子还是坐在我们剪辑间的工作人员钱学全阿姨腿上看完的。回家的路上，兄弟二人谈得津津有味，他们说影片上的有些内容在《苏联国立俄罗斯博物馆画册》上都看过。大儿子甚至说："有几幅画家苏里柯夫的原画设计草图都照着画过。"他显得十分得意。

　　这以后，每逢厂里放有关绘画的影片，我都把两个儿子带到厂里观赏，他们高兴，我也欢心。

　　老汤最关注儿子自学的能力，他说"工欲善其事，必先利其器"，他不断搜集有关的正本材料和辅导资料，买回家放在儿子阅读最方便的地方。儿子自然天天增加知识，有新感悟，进步很快。

75

《天鹅湖》好听、好看

两个儿子还在"上影"托儿所全托的时候，我就开始对他们做精心安排，每次回家时，利用星期天带他们或到公园写生，或去听音乐会，或看画展……最经常的是我们母子三人同行，也有全家出动的。比如 1953 年苏联著名芭蕾舞演员乌兰诺娃到上海演出时，我就花 20 元买了四张入场券。那时像我这样级别低的职员不但拿不到赠票，连花钱买票都难上加难。那次能买到票实属意外。据老汤说，厂里编导拿到赠券看完后都赞不绝口，想看第二次。主办单位决定加演一场《天鹅湖》，不过要自己花钱买票。内定票价每张 5 元，那相当于今天的高价票。老汤自己想看，我则想带两个儿子去，所以狠心拿出 20 元让老汤去买四张票。他担心批准不了遭人讥笑，不肯向厂里开口，我只好去求办公室的负责人陈青帮忙。

可能票价太贵，私人不肯自己花钱买，公家当然不会买了票随意送人，那是违禁的。最后陈青真的帮我买到了票，还叮嘱我不要随便向人透露是他卖给我的。其实 20 元是一笔很大的开支，相当于我月薪的三分之一，我也是忍痛付出。因为小儿子太小，我们还提前进场，免得收票的工作人员借故刁难。进场以后，才发现小儿子在座位上坐着看不见台上的演出，站在座位前看也不够高。我急了，连忙让他坐在我的腿上。他倒是看得津津有味，两只大眼睛一直盯着台上。漂亮的舞台、悠扬的旋律和演员优美的舞姿，让他大开眼界，他一动不动看着，而我的腿却被他的重量压得发麻发疼，我都强忍着，不敢轻易移动，不愿打断他的浓厚兴趣。幕间休息时，小儿子似乎也坐累了，他要求站到地上，我是好一会儿才能移动身子把他抱下，让他舒舒服服坐在自己的座位上后，我才慢慢站起来原地踏步缓解了腿的麻木感。

两个儿子非常懂礼貌，不乱走，也不大声说话。下半场开演时，我让小儿子与我换个座位，我用另一条腿垫着他。这时，他才小声说了句："妈妈，《天鹅湖》好听、好看。"

演出又开始了，小儿子仍然像看上半场演出时一样专注地凝视着舞台上的崭新场景。"好听、好看"是乌兰诺娃来新中国首演时，"上影"托儿所中班的小朋友汤沐海对它说出的最真诚、最有价值、最确切的评议。任何舞台演出要得到观众的认可和喜爱，首先就是作品演出过程中让观众产生"好听、好看"的喜悦感。这里显示出了小儿子具有的先天悟性。我嘴里没有说他好，心里乐开了花。老汤只是微笑地望着儿子，我猜他的欣喜比我还强烈。

散场时，我们四个人没有忙着离开座位，人都快走完了我们才起身。争着叫三轮车的人没有几位了，我们只在市府大礼堂门外马路边站了一会儿就叫到了三轮车。小儿子仍然坐在我腿上，比起看演出时承重负担轻多了。大儿子也坐在他父亲的腿上。我发现老汤总是轻轻移动座位，可能他不习惯，腿有点发麻，移动一下座位，双腿血液循环顺畅，会减轻麻木感——让他体会一下带儿子长大不容易也好。

回到家里，大儿子忙着拿出彩色铅笔和纸把看演出的记忆画出来。他抓住了芭蕾舞的特点，好几张都是舞姿中的足尖着地，舞裙有飘逸感。幸好第二天是星期天，不送他们去托儿所，我没有扫他的兴催他睡觉。小儿子则嘴里哼着刚刚听来的舞曲旋律跳动起来。看他模仿的舞姿还真有那么点味儿。老汤高兴万分，带头鼓掌。托儿所养成的好习惯，小儿子自己也欢快地拍起小手。四个人兴奋到半夜过十二点才上床。

出乎意料的是，第二天清晨，他们三人都比我醒得早，谈话的内容仍然是"好听、好看"的《天鹅湖》。花20元门票钱，我们全家不但现场享受了高质量舞台演出，还受到了高品位文化熏陶，留下了一辈子的美好回忆……

托儿所保教主任朱茂琴告诉我，汤氏小兄弟看了《天鹅湖》后，都以自己的新感悟为题，在班上画的画、跳的跳，带动其他小朋友活跃了好几天。朱茂琴是燕京大学家政系毕业的科学育儿专家，对"上影"领导提出"十年树木，百年树人"的战略眼光十分理解，努力实践。她把大儿子的画贴在黑板上让所有的小朋友们看。上音乐课的时候，她总是让小儿子做小先生教小朋友们练唱。这是她有意识地锻炼小孩的音乐记忆力和音乐悟性。比如小儿子会说，学唱歌要先听好，记住老师教的。我很吃惊地问他："怎么懂的？"他说："老师在教唱的时候总是说'你们听好，我唱一句，你们跟一句'，那就是教我们学音乐要用耳朵听、用脑子记。"

两个儿子除了在托儿所津津有味地讲《天鹅湖》

外，回家看见父亲在，也围着他讲《天鹅湖》。父亲不在，他们就各自翻阅父亲为他们准备好的图片资料。兄弟二人有爱书的好习惯。他们翻阅过的书画都干干净净，不折叠，不乱涂，整整齐齐放回原处。

新钢琴

《渡江侦察记》拍摄完成后，中央电影局发给导演800元分镜头剧本费。我当晚就到作曲家王云阶家里，请他帮助我的小儿子买架钢琴。那时没有新琴买，也没有寄售行。我跟着王云阶走大街穿小弄堂，连跑了三天，才从私人住所买到了王云阶认为最便宜、好质量的琴。他个子高，走路快，他跨一步我要小跑三步。最后我满身湿透，总算挑选好，付了现钱。晚上，小儿子从托儿所回家，看见琴，立即坐上琴凳吊着脚弹起来，在托儿所他已经学会了触键发声。那个星期六晚上，全家人又一次兴奋到十二点以后才上床睡觉。

我常常想，如果没有《渡江侦察记》的成功，没

有 800 元导演分镜头剧本费，以及没有王云阶父辈般
的热情相助，我的小儿子走上音乐之路不会那么顺利。

　　作为母亲，我只有感恩再感恩。

母亲置钢琴助沐海考取上海音乐学院　1972 年　汤沐海 / 供图

人小志气大

有了钢琴，小儿子每次回家第一件事就是坐上琴凳，弹托儿所教唱的儿歌："排排坐，吃果果。幼儿园里朋友多，朋友多，好唱歌，唱起歌来多快活。"旋律简单，全家听了快乐。

我趁天气好带两个儿子去不远的新华书店买音乐参考书，如黎英海的故事、冼星海的妈妈等这类题材。回家后一字一句读给小儿子听。他听得特别入神，我反复细读，他也反复细听。有一次，我刚将两本故事书读完，小儿子突然冒出一句："还有汤沐海。"我兴奋了好长一段时间。

"还有汤沐海"这句话显示出"上影"托儿所里一个 6 岁儿童的志气。

我突然意识到志气比天赋更重要。一个人只要有志气，持之以恒地努力就能出成绩。"有志者事竟成"不是一句空洞的话，它代表长期努力、夯实基础，方能展示才华，没有坚实的基础是经不起恶风险浪袭击的。所以我在小儿子结束托儿所生活上小学前，就请王云阶帮忙请到了教育幼儿的专家，严格辅导他练习钢琴。

那时找钢琴老师不容易，每周上一次课，月薪15元。我忍痛付出，并买到了老师要求学习的教材。小儿子学琴进步很快。他的父亲特别高兴，常常要听儿子弹一曲，以弥补小时想学音乐但没有机会的遗憾。家里有了悦耳琴声，大家的心情特别舒畅，也可以说这是小儿子带给全家的快乐。

看国庆大游行

每逢五一国际劳动节和十一国庆节，上海都有全市大游行。老汤会收到去人民广场高台检阅游行队伍的通知，其实是参与国庆大联欢活动。1955年国庆节，两个儿子按放假规定接回家。父子三人都爱看大游行，小儿子甚至提出"跟着去"的要求，做父亲的不得不说大人看游行是工作不是玩，不能带小孩。

大儿子虽然只比弟弟大一岁多，但比弟弟懂得多，他问："是不是你要拍大游行的电影？"父亲回答："现在不拍，现在看，记在心里，拍的时候才会拍得比真的大游行还好看。"小儿子好像也听懂了父亲讲话的意思，不再闹着要跟去了。

临出门前，父亲对两个儿子说："等你们长大了，好好工作，将来会接到比爸爸还多的信请你们去看。"两个儿子高兴得又跳又拍手，嘴里还说："我们也会接到看游行的信……"

老汤走后，我发现两个儿子有点失望，就带他们去柳启元小朋友家。他家在淮海中路常熟路，正好面对着游行队伍。

柳启元的父亲柳和纲与我是同科的，人品很好。几天前我就对和纲说过要带儿子去他家看游行。汤氏小兄弟和启元兄弟像平时一样隔着玻璃窗往下看队伍敲锣打鼓走过。他们用劲拍手，一直看到队伍走完才告辞。柳妈妈还拿出动物形状的巧克力，每人一份。两个儿子更高兴。大儿子看见小手上的巧克力在阳光直射下融化，赶快把它放进嘴里吃了。小儿子舍不得吃，眼看小动物变成巧克力糊糊，眼泪都快流出来了。我劝他吃掉，安慰他说下次回家前，我先到"老大昌"为兄弟俩各买一盒，他这才勉强把小手放到嘴边，将巧克力吃得干干净净。

我们回家不久，老汤也疲乏地回到家。小儿子急忙说自己刚看完游行，还问父亲喝过彩、拍过手没有。父亲说："大人看游行一般用眼睛观察，用心记……"不一会儿，父子三人躺在床上睡着了。先睡午觉后吃午饭这是第一次，也是仅有的一次。以后再没有发生过父子三人分两地同时看游行的事了。所以，我对这次国庆看大游行的记忆特别深刻。

父子聊电影

父子随意谈话时，父亲说再过几天要去新疆雪山顶拍戏，大儿子立刻发问："爸，电影里下雪也是假的吗？"老汤一下蒙住了，不知道他怎么会想出这句问话，一时也答不好。

这时我才想到还是两年前，我带两个儿子去《渡江侦察记》摄制现场。那天拍的是棚内搭的内景，描述游击队长刘四姐雨中在小树林中找解放军的过程。本来摄影棚里是干的，导演喊准备后，几个在天花板架子上的场工提着装满水的大铅桶往下喷水，刘四姐满身湿透走过。两个小兄弟第一次看到摄影棚里的奇怪景象，到托儿所后就讲给小朋友们听："电影里下雨是假的。"因为印象太深了，听说这次要拍下雪，儿子也就质疑会不会又是假的。老汤还没有时间知道这个有趣的细节，突然听到儿子发问，当然惊诧。

经我解说后，老汤笑了，慢慢回答："我在很早以前拍戏，用过假的下雪场景。在棚里的墙上画好山、树、云等全景，工人在架子上飘洒下手工剪成的六角形纸张花，看上去就像真的下雪天。不过这一次是真的，像登山运动员一样，摄制组所有演职员都要爬上山顶，拍真的雪景。"

兄弟俩兴趣很浓地听着。老汤继续慢吞吞地说："我没有去过雪山顶，下次回来再讲给你们听。等你们长大了，自己找机会上山看看，可以画出很好看的雪景，写出很好听的雪花飘飘歌让大家传唱。"

这就是家庭环境的熏陶。对儿子的成长，只能随时引导，切忌拔苗助长。儿子领悟了，做父母的也受教益。

两代人需要共同进步，家里才有共同语言，才会充满生机。

野狼的故事

老汤拍摄完《沙漠里的战斗》回到家，我忙着烧午饭，父子三人在大床上闲谈，半坐半躺是最放松的享受。小儿子突然问："爸，你信上说听到狼吼叫声很害怕，狼来了吗？"

老汤这才细说，那里的狼，白天看不见，天黑才出来。先听到时远时近的小股狼群发出叫声，好像他们互相联络要集中起来。几个地方传出的声音由小变大，慢慢汇成了一股强烈的嘶吼。向导说，声音最大时，狼群估计有上千只，都是很有野性的狼，抓住人很快就分吃光。

小儿子仰着头问："你躲起来了？"

父亲摸摸儿子的头，知道他们在托儿所看过关于"狼外婆"的故事书，也听过狼做的坏事，只得慢慢说，摄制组的人群睡在帐篷里，周围有解放军带着枪保护大家。不过狼群真的要是发现了自己，那是没有地方好躲的。

小儿子眼泪汪汪地说，如果狼把你吃了，我们就没有爸爸了……

老汤心疼地抱着很懂亲情的小儿子说，那样的话电影也拍不成了，大家没有电影看了！这个引导很实在，我想儿子也听得懂，学会从另一个角度看问题。可能为了缓解儿子的后怕情绪，老汤转调说，新疆的博格达峰大得很，狼的吼叫声不是每天晚上都听得见，你们不要害怕了。

说着说着，老汤把话题转到每次上峰顶拍镜头时都要经过的一段很危险的冰板路上。它看上去像非常厚实的大路，蹲着就听得见下面很响的激流声。向导说，人要是不小心掉下去，不知会被冰河水冲到哪里去。冰河都在雪山覆盖下，谁也不晓得它们有多深多长，水是从哪里来的，又流到哪里去。我们摄制组有两位叔叔提出来，用粗长绳两头捆绑在身上，手里拿着粗木棒，一前一后边走边敲打冰层探路。前面的人认为安全了，后面的人才迈步跟上。摄制组其他演职员都跟在后面，真叫一步一个脚印去拍戏。上去短短一段路，走起来要花个把钟头。

大儿子忍不住发出羡慕的声音："你们的摄制组就像探险队一样在拍戏呀！"

"对呀，解放军为新疆人民找水源这个行动，本身就是探险。依他们的英雄业绩拍成的电影要达到真实生动，摄制组也得探险。"老汤显出了做父亲的水平，不用豪言壮语，他描述雪峰顶的气候变化非常快，刚刚还是蓝天白云，霎时间狂风怒吼，天边的乌黑浓云飞扑过来。风扫过，太猛了，脸像被刀子刮过一样，大家都失去了冷热感和疼痛感。互相看，每个人的脸上渗出血珠，立刻冻成小血块，鹅毛大雪与小血块凝聚在一起。不过天气恶变来得快去得也疾，头顶上的乌黑浓云一飞远，照样蓝天白云。空气清新极了，眼前一片银色世界，心灵内一切杂念都消失了，只留下纯洁。稍停，他鼓励儿子说，等你们长大了，也去雪峰顶走走看看。

我烧好了咸肉菜饭和番茄牛肉汤，全家四口各坐一方，吃完午饭，睡午觉。都累了，整个下午悄无人声。

静悄悄的汤氏人家，别有一番和谐温馨。

爱情、亲情和友情融合在一起，发射出光和热，无私、无垠。我相信，更渴望我们全家能够做到"百尺竿头，更进一步"。

地板上学会游泳

　　大儿子提出想学游泳。那时大家都很忙，找不到人教他，只好到书店买了几本自学游泳的书。我和儿子都认真读，从书本中掌握游泳知识。比如耳朵进了水，如何斜着进水的耳朵，只用一只脚把水跳出来；比如如何用脸盆盛满水学换气吸气；再比如如何用床上的大凉席摊在地板上练手足配合划水。等所有在水里的分解动作都掌握了，才在大浴缸里放满了水让他练习整体沉浮，最后带他到上海市政协小游泳池下水试游。在他下水前，我对游泳池边上的救生员说，这个小朋友是根据书本上教的方法自己学的，没有下过水，请照顾。救生员答应看好他，叫我放心。我盯着儿子入水处看，不见他冒出头来，心里又急又乱，连忙呼叫救生员。他真好，立即入水游了一遍，上来说，池里平安无事。这时，儿子突然在泳池的另一头大叫："妈妈，我在这里。"就这样，他算自学掌握了在水里游来游去的本领。以后有人对我说："沐黎游泳姿势不够正规，你怎么没有多买几本书让他学好呢？"我心里直发毛，回答道："他想学游泳，你会，怎么不教他呢？"

说实话，我心里认为只要碰到水能活命就足够了。至于姿势嘛，会了以后自会改进。我从书本上懂得耳朵进水后斜头并单脚跳，水能从一只耳朵里出来，后来自己洗头时进了水，就是用这种方法把水跳出的。有点知识能有机会用上就不错了。

以后每逢夏天，沐黎去游泳池锻炼身体，也学会了更多游泳技巧。如果不是当初靠书本硬读硬背硬学，今天还不一定会呢。

如此联系，游泳也属沐黎自学成才、无师自通的范畴，于他于我都受益。2003年，上海教育出版社出版的《汤沐黎诗词画选——近体新韵一百八十五首》中就有他写的儿时自学游泳的"望海潮"词游泳歌——

幼习泅水，比划旱地，着迷不亚乒乓。
混泡"文革"，校池练作，半条浪里张郎。
青浦下河浜，冒飞雪冬泳，意在长江。
肄业京都，昆湖什海尽游光。

旅欧好涉潇湘。洗北渊寒浴，南屿温汤。

踞美濒川，常搏瀑布，又东浸大西洋，西溅太平洋。

析我三名字，十点滴旁。

只管浮生驾势，勇渡向前方。

正因为是用心自学掌握的真本事，所以享用终生。

沐海上小学

幼儿园规定的年龄满了，我的小儿子就由所属淮海中路派出所证明入读小学。统一安排很有人情味，到离家最近的东湖路小学办理了报到手续。步行10分钟路程，加上过马路等红绿灯的时间，20分钟足够了。我每天早上提早半个钟头先送小儿子到学校门口，见他进校门被老师接待后转身走到42路车站，车行不要半小时就到达电影厂门口。刚进厂门就听到上班铃声响起，没迟到。我感到比去托儿所接送还方便。中午吃饭却有点麻烦，凑合了几天后，打听到小学边上有里弄食堂，不少同学在那里包中餐。我去办了手续，预缴了费。大儿子进小学后也在学校搭伙，兄弟两人习惯和同学共进午餐。第一天我还是有点不放心，中午赶回家看看。

刚进门，小儿子就抱着我眼泪涌出说："妈妈，阿姨不给饭吃。"

我很心疼，连忙帮他擦干眼泪，烧了汤面加个荷包蛋让他填饱肚子。我问他怎么回事，他说："放学后和班上的同学一起去吃饭，同学打闹着玩，大声喊肚子饿啰……阿姨就说都回学校去，今天不给你们吃饭。"

我一听就断定食堂阿姨是把那群顽皮的小同学当自己家的孩子随口吓唬。没有想到沐海在托儿所从未听说过这样的话，他当真了，就回家了。下午，我送他去学校后也找到阿姨，希望以后不要再发生类似误会。阿姨很好，连说对不起，第二天吃中饭时，还多给了沐海一份荤菜。此后，午餐一直正常供应。

班上教室里两人共用一张课桌，沐海的邻座是与他年龄相同的陈浦生，我也跟着他的妈妈叫他小浦儿。他们两个特别要好，几乎每天同进同出校门。几年下来，不但沐海与浦生友谊深厚，连沐黎也把浦生当作家里多了个弟弟。小浦儿家就住在我家大楼隔壁面街商铺二楼。他的母亲是优秀小学教师，对儿子的同学也像对待自己的学生一般关怀。所以陈浦生经常在我家，或者我家沐海去他家。平时浦生妈妈到学校去了，家里只有两个小孩做功课。我上班去了，家里经常是一群小同学集体做功课。当然屋子需要我晚上花时间打扫，不过我乐意多做点事，大家都安心顺心。

沐黎骨折

沐黎在淮二小学读书时，有位新疆同学巴提牙与他非常要好。除了同坐一张课桌上课外，课外还常常一起活动。两个小孩年龄相同，趣味爱好也大都一样。有一次，巴提牙和沐黎去溜冰场学溜旱冰，沐黎不慎跌倒，左下腿胫骨折断，当时就不能动了。巴提牙急忙打电话到剪辑室。这个坏消息让我当场就心慌意乱，两腿发软。我们剪辑室的张嘉珊立即陪我叫了三轮车去市第六人民医院。巧遇未来的断手再植专家陈中伟值班。陈医生先帮沐黎拍了 X 光片子，再用中医夹板固定好他的腿，又叫我看了 X 光下的伤口精准对接。当时还好，儿子没有多少痛苦。只是我心里特别着急。陈医生没把这个骨折看得太严重，他很轻松，不停地介绍电影《枯木逢春》女演员尤嘉也是不小心造成骨折由他接治的等等。我心里更急中带气，认为医生没有集中精神为我的儿子治伤，态度很生硬地责怪了他。

回到家里，让儿子睡在沙发床上。后半夜，儿子受伤的腿肿疼难熬，哭得很伤心。他是一个自幼很少哭的孩子，这次实在太疼了，才忍不住哭的。他伤痛，我比他更心疼。我也哭了，没有责怪他。我从书架上取出《王若飞在狱中》故事书读给他听，转移他的注意力减轻疼痛。慢慢地他睡着了，我才轻轻在沙发边的椅子上靠着打盹儿。这样足足有个把星期，肿胀没有继续，还有点缓解。

儿子不哭了，我请假到期了，才反锁房门到厂里去看看。没有大急事我又续假离厂。前前后后，为儿子的骨折我累计请了近两个月假。幸好那时摄制组在外，厂里几乎没有多少工作。摄制组剧务有工作回沪时，在厂里找不着我，也到家里来过。我真诚地请他们不要把家里发生的不幸事故告诉老汤，还特地请他给老汤带去了用政协发的照顾券买的零食和香烟。见了难得的好东西，他当然怎么也想不到儿子躺在床上的事。小儿子学会了写一封几个字的信，大意是我和哥哥都很好之类简单报平安的话。报喜不报忧，是我们家相互体谅、相互安慰的家风，可以说一直延续到现在。大家心里有数，报了忧，又不能回来缓解忧虑，没有实际好效果。

那时，正好沐黎小学毕业要考全市重点中学——五十一中学。他还不能正常走路，我正打算背他去。楼下邻居李太成的儿子李国基先一年入读五十一中，正好来看他，就约定考试那天提前到家里来背他去考场。我也跟着去了，整个上午我都等在进校门的操场上。李国基也没有离开。快中午了，同学们都相继走出教室，国基才去背着沐黎回家，我仍然像去的时候一样跟在后面。

沐黎考试成绩很好，公布栏上，他的名字排在第一。作为母亲，我特别感激淮二小学的老师们。沐黎是全年级第一位被发展的共青团员，初中一年级下半学期就被选为学生会委员。他负责学校的《火炬》

和《钟声》黑板报,一直坚持了五年。所以他接触的同学多,因为读低班时可与高班同学交往,升高班后又与低班同学联系,都是为搜集黑板报稿件而产生的友谊。到我们家来的同学与我也有了亲情。

爱好乒乓球

我会特别细心观察儿子的天赋、爱好,特别是潜质。天赋和爱好比较容易外露,容易引起长辈的关注,唯独人的潜质,常常藏而不露,所谓大器晚成,就是没有早发现人的潜在睿智,用我的理解就是"潜质"。潜质常常随着生活中大气候的变化才会显露出来。

我的大儿子沐黎婴幼儿时就会用彩色铅笔涂涂画画,我和他的父亲下决心要使他长大后成为画家,连幼儿园的老师和初进小学时的图画课先生都特别培养他。可是 1961 年第 26 届世界乒乓球锦标赛在北京结束后,他突然对乒乓球产生浓厚兴趣,参加学校比赛,代表校队在徐汇区竞赛,还取得了三级运动员证书。时间就那么多,体育活动增加,到徐汇区少年宫绘画班上课的时间就减少了。这是大环境、大气候影响着他的"潜质发挥"。

我经过非常认真地思考，认为应该尊重他正当的兴趣爱好，不能以父母的意志随意阻拦他想跨越的通道。我到书店选购了不少如何打好乒乓球之类的参考书，首先自己读，果然增加了不少知识和兴趣。我的情绪变化了，仿佛成了儿子校队的一员。剪辑室的同事们幽默地"讽刺"我说："别看你蓝为洁球拍都不会拿，倒可以做个裁判。"我也自嘲回应说："我终生不会失业了！"

第 26 届世界乒乓球锦标赛结束，享誉全世界的中国乒乓球冠军队成员在上海陕西南路的体育馆内举行表演赛，公开卖票。每张票价高达 3 元，我忍痛花 12 元买了四张票，让全家四口人兴高采烈去看球赛。四人年龄加在一起共 111 岁，平均年龄不到 28 岁。父母年轻了，儿子成长了，四个人有了共同语言：什么"长抽短吊"呀，"发球抢攻"呀，"猛力一板扣死"呀。我劲足气昂，工作和家务都完成得轻松有序。儿子也是这样。他的图画课老师庄文华趁沐黎星期天没有比赛活动的时候带他去马陆人民公社和闵行一条街写生。老师对学生的爱，有时胜过我们做父母的。我对沐黎的体育老师、图画课老师、徐汇区少年宫绘画班老师，至今都念念不忘。如果没有他们的园丁精神，我的大儿子不可能占有今天在世界画坛上的荣誉地位。

我家的小先生

　　大儿子即将高中毕业，我每天回家为他准备学习用品和参考书，也是有辅助作用的。他总是通知几个班上成绩差的同学到家里来补习。我的思想有些偏狭，等同学离开后忍不住提意见：“你光顾帮助别人，把自己温习功课的时间挤掉了，毕业后考不上大学怎么办？”

　　他自幼是班上的好学生，总是心态沉着，他安慰我：“别人不懂的，也是自己忽略的。帮助别人，就是加深自己的理解，对考试有帮助。”

　　我想想他说得有道理，以后不再阻止他的行为。不以我见揣测他，是对他真正的信任和尊重，也可以说是为人处世的原则。很多时候，我都把大儿子当作朋友，当作小先生，请教他，叫他谈看法。在我的记忆中，我们母子没有红过脸争吵过。他的同学到家里来，我把他们当作沐黎一样看待，心里特别踏实。

沐黎学会了骑车　1952 年　汤沐黎 / 供图

第三章

爱子成才

人生的成功

靠的是踏踏实实和全力以赴。

小试牛刀

沐海自幼爱作曲，经常写点儿歌和同学们一起哼唱。1966年初，他被选入去新疆军区文工团当文艺兵，到文工团后，他写的第一首新曲取名《前进》。他小心翼翼地把曲子交到指挥裘辑星手上，没有敢多说多问，转身就离开了，心里有点羞涩。

裘指挥把沐海的《前进》反复细看了好几遍后，决定油印分发乐队演奏员。在谱子上面没有标明曲子的作者是谁，乐手们不免好奇发问："有点新意嘛，谁写的？"指挥没有正面回答。

这时，新战士汤沐海心里七上八下，在排练厅外紧张地站着没有敢进去。正好比沐海先两年进文工团舞蹈队的战友贾如皋走过，沐海急忙请他进去看看情况。乐队已经正式合奏一遍了，队员们都很兴奋开始鼓掌。有人又大声问："这支曲子到底哪里来的？"裘指挥这才带着微笑大声回答："新战士汤沐海写的！"贾如皋喜形于色，转身快步走到沐海身边，得意地反问："刚才听到掌声了吗？"这时沐海的心才开始从忐忑中平静下来，拉着贾如皋说了声"谢谢"。

沐海大志气

　　1970 年 5 月，沐海带着新疆军区文工团发的 200 元复员费和半年的全国粮票回到上海。家里好歹有他的哥哥，有事兄弟二人商量。在早回沪的战友帮助下，沐海被分配进了上海第二锻压机床厂当工人，早中晚翻三班，比哥哥月薪高。沐黎工作了几年月薪刚从 6 元加到 36 元。沐海月薪有 54.5 元，比哥哥多 18.5 元。沐海够吃饭和其他开销。沐黎还要我暗中贴他一些。

　　沐海将 200 元复员费买了一辆自行车上下班用。他发现工厂的师傅家里子女多，粮不够吃，就将部队发的全国粮票都送给师傅解决全家温饱了。锻压厂址就在上海电影乐团的隔壁，几乎每天传出乐团的排练声，沐海非常喜爱音乐，恨不得去乐团参加工作。机床暂停工作时，他活动双手关节，有时还和着节拍作指挥动作。他的师傅不理解，在我回上海的几天里会来问："沐海为什么经常用手摇晃？"我没有回答。隔行如隔山，我怕答不好。

　　有一次，我和沐海走在淮海路上，正好与上海电影乐团的指挥陈传熙碰面。陈传熙看见双目炯炯有神的沐海兴奋地问："这就是你的画家儿子呀？"我说："这是我的小儿子沐海，他从部队复员回来，喜欢音乐。"陈传熙用父辈般的感情与他握手。

陈传熙离开后，沐海满脸委屈，严肃地表示："妈妈，我迟早会改变这种没有声誉的现状，让更多的人晓得你还有个爱音乐的儿子。"我立即想到他小时候听冼星海、黎英海故事的时候，会脱口而出"还有汤沐海"。这是志气，是事业成功之本。虽然其时八字还没有一撇，但是当工人是暂时的，成为音乐家则是必然的。

沐黎脱颖而出

沐黎不脱产画画，忍受所有劳累。我大热天回家看见他脖子上还缠着厚毛巾保护气管，心疼极了。唯一能帮助他的，就是从淮海中路步行到山东路的上海美术用品商店代买画料画具，这样免去他来回奔跑，让他喘息一下。每月我都要用大半天时间完成这项购买任务。提着大捆重物走回家时，我多次头晕眼发黑，有时要在路边休息好一会儿才能再迈动脚步。贴钱费心血是妈妈帮助儿子最实际的付出。

沐黎很争气，除了在单位画宝像外，还搞创作。他画的表现牧场挤奶女工的油画《接班人》，符合当时提倡的工农兵立足本单位搞好工作的精神，很受好评。《人民画报》中心彩页以17种文字介绍和刊登了《接班人》，向全世界介绍了作品和作者，舆论也把他作为"可教育好的子女"的典型来报道，沐黎信心更足。好事传千里，这就是上海电影乐团指挥陈传熙看见我家小儿子时会问"这就是你的画家儿子？"的由来。

后来，沐黎又接到一项有关针刺麻醉的创作任务。本来是别人画的，审查草图时被否定了，才建议由他接替重新构思。不脱产，时间特别紧促，沐黎觉得可以拼搏一次，争取献热发光。

眼看时间不够了，主办方主动向牧场提出他们派劳动力去顶牧场工作，让沐黎脱产一段时间把画高质量完成，牧场领导不同意。沐黎只好白天晚上连续工作与绘画，终于在展出前夕将画完成，审查通过。在上海公开展出，再代表上海参加全国美展。那正是越红越革命的年代，而《针刺麻醉》表现的是宁静的手术室。除了输血的瓶子外，就是白衣蓝墙。在全国美展送审作品的红海洋中，一幅淡蓝色彩展现手术室情景的画格外显眼。负责审查的极左分子叫人加一层红色，发现不伦不类后，专家忙把新加的红油全部揩净。上海参展共两幅作品，其中一幅最受青睐的就是《针刺麻醉》。展出结束，中国美术馆就将画收藏了，并发了证书和象征性酬金。沐黎十分兴奋，因此更勤奋习作和构思创作。

　　这幅画在上海展出时，汤晓丹原先答应去看画展的，考虑到自己还是受审查的身份，临行时他退缩了，经过儿子的动员，他才大热天戴着口罩去了美术馆。画幅上只有一个医务人员（即女针灸师）没有戴口罩，参观者中只有画家的父亲一个人戴着口罩，对比意味深长。

1

2

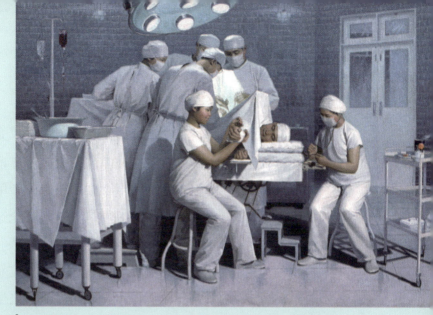

3

4

上北京看参考片

沐海进入上海音乐学院后的第二年暑假，北京兴起各文艺单位争看外国影片的狂潮。其实半年前上海文艺单位也把保藏的外国片都搬出仓库供各单位作内部参考。我在"上影"的看参考片入场证全让给沐海学习去了，他比我重要，他应该多看多补课。当他得到消息北京比上海看片的机会更多时，决定利用暑假作北京之行。一则到中央乐团看李德伦先生排练，二则多看外国参考片。我当然全力支持，为了省时间，准备坐飞机来回。他打足预算，我也贴足支出，让他学得有劲，进步更快。

沐海到北京住在他的堂嫂养父家，那是一幢市中心很高级的四合院。主人季方是老革命，家里有警卫员和厨师。食堂墙壁上贴着规章：吃饭要粮票，不收钱，过时不候；餐具专用，自己清洗保管；严格讲卫生，公筷制。

沐海仿佛又回到了部队文工团的生活，特别能自觉遵守规章制度。

保卫室就在大门边，一间屋子，有值夜班睡的床。

季老家规定每晚9时前必须回家，过时不开门。警卫员都是部队的，知道看晚场电影9时前回不来，也理解沐海看电影是为了学习，便私自通融照顾，过了晚9时仍然轻轻给沐海开门。沐海每天奔来奔去能赶四场电影，可以大开眼界、拓展思路。

在专程去中央乐团看排练时，他到得比乐手们都早，从不缺课，引起李德伦先生的注意。休息时李德伦先生盯住沐海看，沐海走近他，很真诚很有礼貌地叫了声李老师，介绍说自己是上海音乐学院作曲指挥系的学生汤沐海。

李德伦没有说话，微笑地望着他，突然发问："你是谁的儿子？"沐海本来不想提起父亲的，迫不得已只好说："我的父亲叫汤晓丹，他现在已经恢复工作了。"李先生听后爽朗地说出："我说嘛，这么神气，原来出自艺术世家。我和你的父亲过去常在一起开会，他是很有成就的大导演。走，跟我回家吃午餐。"

沐海帮李先生提着谱子走回家。一个青年学生能亲耳聆听大指挥家教诲，是很大的机遇。沐海备受鼓舞。

沐海在北京，每天奔来奔去忙学习，收获颇丰。

眨眼一个月时间过去。他必须9月1日上午赶回上海参加开学典礼。为了不迟到，他去飞机场买了头班飞机票，提着小行李直奔学校，比别的同学还到得早。我想，幸好出发前我多给了他200元，否则没有钱买飞机票就糟了。

后来，季方老人听说沐海坐飞机回上海很不高兴。他认为花费太贵，坐火车两天一夜会节省很多钱。我知道后给季老写了一封信，说明沐海到北京看电影不是玩，是学习。乘飞机回上海也是遵守校规，是我给他的钱，希望他准时参加开学典礼，不要让工宣队抓住把柄指责他。季老才消了气。他是老革命，习惯的是穿着草鞋步行打天下，对他而言，为看电影坐飞机确实有点难接受。

崭露头角

沐海的音乐学院组织演出《井冈新兵》音乐会。原计划由指挥系杨秀娟老师负责指挥，指定汤沐海做她的助手。可能杨老师几年没演出了，身体状况也没有过去好了，几场排练她就病倒了。但是在文化广场的演出通知已经发出，突然停演不行，学院领导决定让汤沐海代替指挥上台试试。初生牛犊不怕虎，沐海硬着头皮排练。给他上过指挥课的教授们很满意，决定当晚就由他上。中午他拿了三张入场券回家，要我们去听音乐会。我急忙提前烧好晚饭，等沐黎和老汤回来吃。早点出发慢慢去文化广场，我们到得太早，在广场上等了半个钟头才能进。

　　整场音乐会我都目不转睛盯着沐海看，担心他出错。还好顺利结束，掌声不小。回到家里，简直比当年看《天鹅湖》舞剧后的兴致还浓。我的着眼点是沐海有了第一次站上指挥台的机会，只要继续认真学习，第二次第三次机会会接踵而至。这正是我实现望子成龙心愿的开始……我记得他婴儿时就喜欢听声音，成年时就说"总有一天会让人晓得妈妈还有一个爱音乐的儿子"。

　　是的，两个儿子，一个爱画已为人知晓了；一个爱音乐也开始出现在公众面前。我的幸福感自己最清楚，这些年来我为他们吃过的苦和所受的精神折磨都消失得无影无踪了。

时过半年，上海音乐学院在新建的万人体育馆演出音乐会中又有《井冈新兵》，正式印发的说明书上，指挥后面印的是汤沐海的名字。我们又是全家出动听音乐会。那次沐海拿回家的门票比较多，他的许多好朋友都去了。演出气氛和效果都比较好，演出结束时观众的情绪更加热烈，指挥多次出场谢幕，还有电视实况录像。

我记得最清楚的是有位女高音喊："沐海呀，祝贺侬！"后来打听到，这是个年轻学生，把沐海的出现当成同龄人的希望。

沐海练习小提琴，师从上海音乐学院小提琴名家盛中华　1972年
汤沐海／供图

备战出国考试

沐海在北京办事，进出当时文化部时，得知理工科有名额可以凭考试出国深造。他心潮激荡，写了封信给文化部部长说如果文科也有名额择优录取，相信中国一定会出小泽征尔似的人才。信交上去后，他就回上海了。过了一段时间，上海音乐学院真的来了两个名额。他立即在学院报了名，然后回家告诉我们。

真是全家总动员帮助沐海复习英文。饭桌上，交谈时都尽量用英语对话。父子三人中，老汤的英语水平最高，他在香港十年，工作生活都用英语。沐黎从初中到高中学的也是英语。相比较，沐海参军后辍学了，算三人中较差的，偏偏要第一个进考场，只好靠填鸭式灌输。沐黎请了外语学院的王教授赶到我家义务辅导。沐海在五十一中学读初中时的英语老师薛兰芬闻讯，也主动来家里为他补习。大家都关照沐海不要紧张，父亲对他说，口试时答不出来，你反问几次，猜懂意思，大胆回答。不能傻呆呆不说话，要以你的灵气智胜考场。

我每天为沐海准备好吃的，外出时把房门反锁，让别人无法干扰他。钥匙放在邻居老王家，担心万一火灾什么的逃不出来。他果然静心复习。笔试那天，我不让他骑自行车，避免分心出意外。那次考试，考生年龄放宽到40岁。他进考场后我没有离开广场，在广场上等的人中有父母、妻子等，分成小群，三三两两地交谈着。我虽然是一个人，但不觉得孤单，因为我心里充满信心。看他一脸笑着走出来，我就知道他能考上。

分享考试心得

傍晚，沐黎破例早回家，目的是想了解弟弟在考场上的自我感觉，他自信考场心情与成绩成正比。他刚到，父亲也提着一大盒栗子蛋糕回来，当然是准备庆祝。父亲的想法有点不同，他认为即使没有考上，能进考场就是成绩，所以请儿子吃蛋糕是祝贺进考场。我的饭菜已经烧好了，比较简单，我们四个人挤在厨房小桌子上很快就吃完了。他们三人去客厅还没有开始谈开来，一个个想明年去报考的人接踵而至。

也好，大家都想听，就说给大家听吧。

我快动作洗好碗筷也参与进来了。沐海非常风趣。他说刚开始，坐在前面的一个考生就不停地移动座椅发出声响，根本静不下来，大概是见了考卷先犯愁。还好不一会儿他就离开了教室，交的肯定是白卷。

大家最关心的是考题难不难。沐海回答："好像不太难，不知答得对不对，反正都写上了。我做第一遍时连看带答。答不上的做第二遍时也写出来了。"

沐黎说这就对了，千万不能被一道题难住就停下来。越停会越僵，浪费时间。

其他客人忍不住说明年大家都去试试。沐黎一贯比较冷静，他说不是去试试，现在就得开始加紧自学复习，明年一定要争取榜上有名。不过明年的考题难度会增加，因此要投入更多。有人对沐黎说："听口气，你明年会去报名？"沐黎仍然冷静回答："明年报名条件可能就严格些了，说不定名都报不上。"就这么你一句、我一句、他一句，很快深夜12点了，大家才送走客人。第一次全家四口都吃了点栗子蛋糕。沐黎边吃边说，刚才没有想到，每人用汤匙都吃一口庆祝才好。老汤说他想到了，就是人太多，可能每人一口都不够。他心里正后悔应该买个最大的蛋糕才对。

我们太兴奋，仿佛出发就在近日，根本不担心考不上。睡上床我翻来覆去好久没有睡着。在我的心里，苦了多年，渴望了多年，期待的就是沐海明天能起程远航，走出国门，走向世界。这就是我这个妈妈最真实的心愿。于是，我开始筹划钱，筹划为沐海添购出国必需品。首先想到的是到音乐书店为他买一大捆空白作曲稿纸，那是学习必需的，很贵，到了国外他不一定有钱买。

沐海参加口试

笔试完后，沐黎叮嘱弟弟必须继续加紧认真复习，他说不管考卷答得好坏，都要相信自己能进口试名单，这是必须要有的自信，任何时候，逆境顺境，自信是事业竟成的前提。

老汤也说："口试要放松，认真听，边听边思考，听清楚意思就不要犹疑，尽量用自己掌握的词汇回答。如果不明白问话的意思，可以请考官再重复一遍。

好的主考人爱才，会说得慢一点，你也有思考的时间。能答的一定要答，简单为好，发音清晰就可以，我在香港就职时就是持这种老实态度。考试时让人发现你的智慧和诚实，有利于双方。你要明白，考你的人也是想帮助你成功的人，他的目的是让你考出成绩，决不是想把你考倒，考出榜外。你相信他、尊重他，只要自己真诚，他会有反应。这对考试之人和被考人都有促进和励志作用。"我忍不住插上一句，你的形象本来就招人喜欢，你一定考得上。我是妈妈，我料事如神，说你能跨出国门，你就一定能跨出国门。

三个男人哈哈大笑。老汤风趣地说："这叫瘌痢头儿子——自家的好。"

等笔试成绩公布的日子太难熬了，我每天开好几次信箱，次次失望。最后才晓得通知不发到家里，是直接寄到音乐学院的。

终于有天中午，沐海进门就笑脸，他算定我中午会回家查信箱，大声说："妈妈，通知收到了。"

看样子，准考上了，不然不会那么高兴。

晚上等父亲和哥哥都回来了，他才说："可能第一次公开考试，笔试分数线定得不高，50分就算合格。我的成绩是 54.5 分，在合格线上。"全家鼓了掌。

我忍不住反问老汤："怎么样，我说能考上你不相信，现在铁证如山，信了吧？"老汤也不示弱："我心里早相信他能考上，只是不像你那么沉不住气，张扬。"沐黎说："沐海是代表所有帮助过他的人参加考试的，他没有辜负大家的好心帮助。成绩合格是好事。下面还有口试关，一定要认真对待。"这时帮助他复习英语的薛兰芬老师也来了，进客厅就说是打听到沐海考取了来祝贺的。她的信心更足，对我们说："我上课的时候，沐海口语全班第一，只要不紧张，一定会考出好成绩。"最后口试合格分数线定的是 3-，沐海得了 3，也在分数线上。薛老师比我还高兴。

体检险过关

笔试、口试都合格的汤沐海，只剩下最后一关体格检查。大家都说他健康得像小公牛，合格不成问题，于是家里成群结队的来客川流不息。他也有意识地放松了两天，调节心情。一直紧张近两个月了，休息两天还是有必要的。

来的朋友都是打听考试内容的，看得出来，他们都有心在第二批出国考试时去报名。不过他的哥哥一直对大家说，预计第二年招考不仅题目难度加深，招收分数线也会提高，说不定要80分才能被录取。意思还是提醒大家勤学苦读，掌握真本事才能成功。沐黎的话我一向爱听，听起来平淡，但求真务实，含金量特别高。我加上小时候学过的句子："人要活得好，只有多读书。"

体格检查的头一天晚上，我提醒沐海早睡早起，保持平和心态。早餐我准备的是两片面包，一个荷包蛋，还有一杯牛奶咖啡，营养够了。没料到检查到心脏时说他心动过速，沐海急了，对医生说自己心脏一直很好。医生问他早上吃了什么，他如实回答。医生

每周送一次干净衣服，换下来的你不要花时间去洗，我带回，也带点饼干之类点心给你，饿时可以填填胃。另外，还是多带点钱，有参考书买时多买几本。钱用多少妈妈都贴补你，就是要收好，不能丢，不能让人偷，否则我会心疼。"

沐海进外国语学院

在我的记忆中，当时上海外国语学院在江湾。交通不像今天这么方便，从我家去学院必须换乘几次公交车，下车后还要步行好长一段路。第一次沐海去报到，背了沉重的学习资料，单字典就厚厚几本，还有必修的音乐教材。我的包裹是他必需的衣物和日常洗漱用品，提了一下比沐海的还重，体积也大好多。我当时已 50 岁出头，体力有些支撑不住。陈浦生主动来解难，笨重大包都是他背了。途中有了陈浦生的帮助，我轻松多了。

从出家门到进外国语学院大门花了近三个钟头，那天我做的唯一大事，就是亲自把沐海送到了他在外国语学院的宿舍，看了他编号的教室。陈浦生把我送回家后，我躺上床就睡着了，连晚饭都没有吃。第二天早上醒来，发现沐黎他们早吃完早餐上班去了。

我去到外国语学院的情况，是等晚上沐黎和他的父亲都回来以后才细说给他们听的。老汤十分柔和地说了句："真是好妈妈。"我说，如果陈浦生不来，转换车辆时，沐海会承受意想不到的压力和负担，以后你们对陈浦生要格外好一些才行。

我遵守诺言每周去外国语学院一次。虽然带的东西不算少，但比起第一次还算轻多了。独去独回，沿途又饿又累。我是从不在路上吃东西或者进饮食店的，这是自幼就养成的习惯。

到了沐海那里，我总是直接去他的教室，问他跟得上吗？他满脸笑容回答："我现在是英语、德语、汉语三语并用。半年结业时，争取能考出好成绩拿到文凭。凭它既可以在国内任教德语课，又可以到国外上课。"

听他的得意劲儿，就知道他学得可以。我相信他哥哥的高招还是管用的，跳一跳就能摘到果子。回到家里一说，他的父兄听了都非常高兴。

然后我跟他到宿舍去把换下来的衣服带回家洗涤。有人说我太傻，应该带块肥皂在学院洗净晾晒后让他自己收好，自己空手回家多方便呀。我说："想过，但不能这样做。因为我了解自己的儿子，他估计会忘了收，到时连衣服都没有了。还是自己吃力一点保险，不会丢失。"

别看沐海不洗洗晒晒，他还是爱干净，天天都换干净衣服，所以我拎回家的总有一大堆。还好我家有晾衣遮顶阳台，哪怕晚上洗了，也不会遭飞鸟或虫类污染。只要太阳一出，就会发出一股清香味。我去一次外国语学院花一天时间，第二天就会没精打采懒洋洋，可见去一次有多累。现在回忆，再累也是幸福，别人家的妈妈想有这个机会都难。

沐黎考进中央美院

沐黎报名参加中央美术学院招生考试。据传华东六省只有一个名额，报考容易，上榜难。沐黎认真准备。可能工作太累，又不能脱产，就在临上火车去北京前几个小时，他突然晕倒，血压降低。我急坏了，急忙扶他上床。我到楼下找了懂医的邻居让他们为沐黎检查，又立即去找陈浦生让他马上去办退火车票的手续，以减少损失。他的医生朋友诸君龙也闻讯赶来。沐黎用虚弱的声音对我说，火车票不要退，我能去北京，能进考场。我向他说，现在把你交给诸医生，我出去办事，保证你能进考场。我直奔"上影"办公室，请求开张证明，让我为儿子买张明天第一班去北京的机票。那时乘飞机有级别规定，需要证明信。我的儿子是市农业展览馆美工，根本没有级别。起先管开证明的人拒不动笔，见我痛哭流涕求他，才去找演员向梅的丈夫迟习道。迟习道是真正的主管，见了我当时的可怜相，动心了，作主给了我证明。我拿着证明直奔民航售票处，取到票，才定了心，小跑步回家。沐黎经过几个钟头休息，又吃了点东西。心情、面容和体态比我离开家时有所好转。我将明天早班的机票放在他的枕头下，让他安心休息明晨出去。他小声说："妈妈，你真好！"之后我们母子两人相视无言，不过这不是失望和带怨气的无言，而是感到"天下无难事"的无言。我们母子心连心像一个人，进考场是儿子的心愿，更是母亲的目的。我下定决心，不达目的不罢休。只要我们母子心心相印，要做的事都能做成。

沐黎真是做了极充分的准备，不但艺术专业各科全考好，还交了不计分数的英语考卷。最后一场考试是命题为"怀念"的油画创作。

沐黎画了一幅《苏武牧羊》，构图简练，表现被匈奴拘留了十几年的苏武坐在一块石头上，深秋的凉风吹拂着他穿得破烂了的旧衣袍。苏武显得有些憔悴苍老，但是手中仍然紧紧握着那根出使时的旄节。尽管它的彩苏已脱落，但仍显得坚实有力。远景风吹草低，时见羊群；头顶是成群结队的南飞大雁。沐黎对中国历史很熟悉，所以他能在考场上用生动逼真的人物形象结合情景交融的环境气氛迅速构思出一曲响彻云霄的主旋律——"身处异域，心在祖国"。

口试的时候，主考人问他："怎么会想到《苏武牧羊》这个题材？"

沐黎回答简单朴实："我攻读油画专业的目的，是用油画表现我们五千年历史上的重大内容和关键人物。这将是我终身奋斗的目标。"

沐黎这样立意，也是这样行动的。他在中央美

术学院的毕业创作，画的就是《霸王别姬》，还附了
"一剪梅"词：

> 血染乌骓生死急，酒后难离，舞后难离。
> 楚歌隔帐紧相逼，外也声凄，内也声凄。
> 万斩敌颅手未疑，欲舍虞姬，不舍虞姬。
> 香喉自刎宝刀惜，今世夫妻，来世夫妻。

沐海拿到德语文凭

经过整整半年集训，沐海终于在外国语学院德文学习班结业，得到了正式文凭。回家的那天，行李太多，我仍然叫了陈浦生同去学院接他。这叫"三人行，同去共回，有缘分"。清晨出发，中午才回到家。沐海吃了中饭就去音乐学院汇报学习成绩。

半年夜以继日地紧张学习，稍微轻松一天半天还是必要的。音乐学院的几个好朋友晚上来到我家，谈的都是英语改德语的学习过程，反正有了收获，怎么说都称心。我照样请每人吃一碗四川辣油面，除了调

味外每人加个荷包蛋和大盘泡黄瓜，都说好吃开胃，辣得满头大汗。我家别的东西少，唯独挂面常有，烧食顺手，多个人不过多个碗多双筷子，管饱。

饭后老汤很严肃地说："今天可以晚一点玩个够，从明天开始仍然得像在外国语学院一样早起做功课。沐海的德语水平到德国去根本不够用，必须自己抓紧用功学习。"

我心里明白老汤是提醒沐海不要浪费时间，同学少来，他才可能静心学习，所以从旁帮腔说："自学自学，主要自己要学。不学，得到的知识也会自然丧失。"

我打定主意仍然每天外出时把门反锁。客人进不了屋，主人当然不会隔门对话。中午回家看看情况。花几块钱买张月票可以在任何时候跳上公交车。每天来回坐一次够本，每天两次太划算了。

大家羡慕的是沐海拿了那张文凭可以教德文初级班，凭它才可能到德国的学校报到。他起码可以与人简单交谈，不会有口不语。他想找人继续练习口语。那时会英语的人不少，会德语的不多，大家都说帮他打听。

老汤到旧书店帮助沐海找了几本德语辞典。我用烟熏的杀虫办法轻轻熏了几个钟头,又放在太阳下晒了整整一天。是不是真能起到消毒作用说不准。但是心理上认为是消过毒的,自我安心。老汤对沐海说:"你每天光读辞典就能掌握更多词汇,会有用的。"

购买羊毛衫

大家都说德国冷,劝我多为沐海准备点冷天穿的衣裤。他们说外国人不像我们把羊毛衫穿在外面,他们是贴身穿的。要质量好的,不然会让身体不舒服。还有人说店里有出口转内销的羊毛内衣内裤等,我当然都相信。在沐海等出国通知的时候,我经常到淮海路、南京路的大商店去找传说中的羊毛内衣裤。说也奇怪,大商店根本没有。倒是淮海中路常熟路口有家小商店,放在橱里,挂着出口转内销的标签,大中小号都有。米黄色的毛质地细柔,每套 50 元。我掏出 100 元为沐海买了两套换洗穿。出店门不到两分钟我又回去再买两套,心里盘算大儿子准会参加第二批出国考试，先买好，省得临时买不着。四套扎在一起提起来就嫌有点重了。出门走了一会儿，想起老汤里里外外衣服都破旧不堪了，得让他高兴高兴才好。正好口袋里还剩下100元，立即回转身再买两套。店员都笑了，问我怎么不一次买呢，我说了心里的想法，他们也为我高兴，还劝我为自己也买两套。我说自己就不需要了。六套捆在一起，真是不轻，本来想坐一站公交车的，想想算了，还是慢慢走吧。

这六套羊毛内衣裤寿命长短不同，沐海是用洗衣机洗的，仅一年就被转磨得粉碎。沐黎后来真出国了，是我叫他用手洗的，多穿了几个冬天。老汤的直到现在补了又补还能上身，我打算把它们送到家乡新建的"艺文居"去挂起来做纪念。

沐黎第二批公费出国考试名列前茅，最有趣的是去了英国皇家美术学院后，许多英国朋友发现他的羊毛内衣裤是中国生产的，都要托他代买。他写信求助于我。我到大店小店都走过了，再也找不到当初我购买的那种质量的衣裤了。店家告诉我，可能后来发现了它的物美价廉，根本就不拿到市面上来销售了。我想极有可能，演员高博就是通过朋友介绍到仓库去买过男式夹克衫，里面有羊毛衬里，穿在身上轻便暖和，我请他给老汤也买了一件。羊毛内衣裤比高博买到的夹克还实惠。不等入仓库就分光了。我只好写信给沐黎说现在市场上没有，等有了一定买好寄去，其实也就是对英国友人有个交代罢了。

沐海出国

不知何故，沐海的出国通知等了很长时间都没有落实。我们还暗中担心他走不成了。沐海说，真走不成就早点到学校去工作，否则业务都会受到影响。可能心里有点困惑吧，有同学约他到青岛去玩几天，享受海滨游泳乐趣，他没有与家里人说就匆匆与同学同行了。我起先不知怎么回事还到学校去打听，有同学说可能临时被拉到青岛去了。

我仍然经常打电话到学校去打听是否有出国消息。有一天学校来通知：要沐海马上去北京报到。我发急了，到学院找到有关人员打听与沐海同去青岛的所有人的电话和地址，急着发电报、打电话，终于通

133

回想从上火车到现在，整整六天六夜，旅途生活很有意思。

我们坐的车厢里，有两个巴勒斯坦人和一名瑞士人。前面一节车厢里有我国新派出的使馆武官和夫人，还有一位回国探亲的英籍华侨和她的女儿，这对中国血统的母女，十分和善。两节车厢连我共8人，常常在一起听音乐，当然是妈妈为我买的新录音机放出的音乐声音质量最好，吸引着几位爱好音乐的旅途伙伴。有时，我也和他们一起下国际象棋、喝咖啡，听他们谈各自的见闻。他们走的地方多，阅历广，听他们闲聊，我都很新奇，也学到一些知识。有时，我也请他们吃点零食。当他们都晓得是妈妈为我准备的好东西时，都赞美妈妈好。

在苏联的餐车里，我点的俄罗斯饭，类似我们在上海吃的西餐。但是两位巴勒斯坦人说，他们给的不是西餐，西餐做法比他们考究多了。反正我是吃不出区别，他们说的，也只左耳进，右耳出。

上来的第一道菜是汤，里面有点碎面条、红萝卜丝和几粒鸡肉丁。第二道是菜，一块青鱼，边上加些凉白菜和土豆泥。吃惯了妈妈烧的四川辣子鱼，色香味俱美，相比之下，他们烧的鱼块，简直就是盐水煮的，淡而无味。只有土豆泥好吃，我都吃光了，鱼块剩下。最后是红茶或咖啡，我要的是咖啡。

一顿早餐，价钱不算便宜，折合人民币大约用了1.8元。我记得在淮海路上海西菜社简单进餐，2元人民币还要找零，质量比火车上的早餐好多了。

我们的火车路线经过的是苏联境内的南部边缘，所以沿途建设得很好。房屋建筑都是木结构，很整齐，有点像我们的新疆。所有房屋都漆成五颜六色，远远望去，仿佛散发着热气，显得格外温暖诱人。几乎每家每户用的都是白色窗帘，窗台上放着各式各样造型的花盆。屋子前面都有一个属于每家的院子，有高高低低的绿树点缀着。好像我们曾经读过的童话故事里描写的玩具屋子，里面住着美丽的青蛙公主。

这一带地方，可以看到汽车和摩托车风驰电掣，奔跑在与火车轨道并行的乡间小道上，仿佛所有的人都快节奏生活着，同我们乘坐的火车一样，都在和时间赛跑，折射出人们的意气风发，潇洒昂扬。尤其我们经过一个小镇，正是清晨上班时间，可以看到驾着摩托车的丈夫送妻儿到火车站口，等他们上了火车才驾着车往回走。据说小镇大工厂多，农场也多，妇女上班，孩子进托儿所或小学必须坐一段火车。空中还有"安-2"飞机喷洒农药。

铁路线基本都是电气火车头。有点让我诧异的是，快到莫斯科时，从车窗向外望去，沿途反而有些破烂房子。或许是西伯利亚一带生活苦，工作累，工资比莫斯科一带高，所以它的住房条件反而比莫斯科好。

我们的火车又经过几个小站，看见工人们算好时间，从郊区车上下来，男男女女都直奔火车站台，原来他们上下班也要乘一段火车，省时、省钱、不误工。

大家穿戴都整洁大方，每个人都行色匆匆，显出他们对社会特有的责任感。在哈萨克斯坦境内停车时，碰到两个会说英语的儿童来缠着我们要香烟，我们都不会抽烟，当然无法满足他们的要求。他们居然也是鸭舌帽，西装，皮鞋。过了一会儿，四个袒胸露背的姑娘也围住我们说着自己的方言土话，跟着，嚷着。后来有人告诉我们这是讨面包吃的。我们没有面包，她们只好笑嘻嘻去向别人讨。我们反而有点过意不去。但警察并不管站台上发生的这些。不过，路过的苏联人见到我们还是主动点头微笑以示友好。特别是上了年纪的男女，还两手握拳暗示友谊，使我立刻联想起小时候常听的"牢不可破的友谊"。

给我印象最深的是小白桦树排在火车经过的沿途和金黄色的草地、深绿的塔松，蓝天飘浮朵朵白云，还有编修整齐的木栅栏，美丽的大自然组成了动人心弦的"俄罗斯交响曲"……

火车经过贝加尔湖时，我们被它的大、深、美所吸引。我把头紧紧地贴在车窗玻璃上。远处，是大海无边，风卷雪花飞舞，犹如海上掀起的白色浪花。好像不久前我在大连和青岛看到的大海一样，浩瀚无边。尤其湖中荡漾着渔舟，真是充满诗情画意。沿湖岸边修建着整齐的人工防洪堤。我们的火车沿着世界上有名的深水大湖走了四个小时，我有幸能尽情饱览这良辰美景。

遗憾的是，我们的火车晚点，没有在白天经过欧洲最长的伏尔加河，失去了亲身感受伟大画家列宾创作《伏尔加河上的纤夫》油画时的激情冲动和意境。

亚欧分界线在乌拉尔山顶上，据介绍是一块高大的界碑，如果是白天，还可以望得见。我们是晚上经过，从车窗往山顶看，漆黑一片，真是遗憾。我们这趟车总计晚了十多个钟头，也没有看见过秋明湖西边那片世界有名的原始大森林。人们爱说"人在旅途多憾事"。我这次坐国际列车到欧洲的目的就是希望沿途欣赏难得一见的风光，结果失去了机会，可以说是很难补偿的损失。因为以后路过的机会可能不会再有了。

前面我还漏了一段火车经过蒙古国时的见闻。蒙古国首都乌兰巴托的高层建筑又多又漂亮。这是我在出国前没有想到的。他们的穿着都很考究，男士们西装革履，长发、喇叭裤的嬉皮士也不少。妇女的鞋跟特别高，服装的饰品都精心挑选。这仅仅是火车站台上所见。还有脖子上戴着红领巾的小学生，也穿着西装和喇叭裤。

火车站台和苏联境内建筑完全一样，乘警有点苏联人的气质和工作作风。他们在站上不管上下车乘客，也不查票。反正只要在停靠时间内，乘客都可以随意上下车，不是乘客也可以进入车厢寻人访友。我怀着好奇心，也想到站台附近转转，见过路行人秩序还好。留下的印象也不错。

我们的列车在进入莫斯科终点站前，也停靠过几个比较大一点的月台。竟然有成群结队的人围住车厢，要求让他们无票上车。这时，列车上的工作人员态度和蔼地劝阻了他们。他们也不用力硬挤上车，只是一个劲地哀求。后来，列车员告诉我们，临近莫斯科附近的站，这样的情况太多了，不能照顾。如果我们开了例，以后就无法收拾。

那里的小卖部内，摆了不少日用百货，只是标价都太贵，一件普通女衬衣售价20多个卢布，有人围观，无人购买。

我们到了莫斯科车站，出站时，大群搬运工人拦住我们，抢着为我们搬行李。每件要30到40卢布，我们根本付不起，只有自己拖着箱子慢慢走，他们又不肯让路，热闹了好一会儿。直到使馆派车来接我们的工作人员到了，搬运工人很聪明，停止了要价，有秩序地把我们的行李搬走。使馆工作人员根据实价，帮我们付出了运费。公平交易，大家都满意。

141

这是沐海跨出国门后写的第一封信，贴上带去的"四分邮票"，请使馆工作人员带到北京寄给还在中央美术学院的汤沐黎。那时没有复印和扫描技术，沐黎只好用手抄了几次，转发给我外，还给了其他想知道出国情况的友人。

我收到了这封信，读了又读，每次都泪流满面。这封信不但真实记录了沐海跨出国门的第一印象，还展示了他的文采。记得他在去部队前就很爱读和搜集散文资料。不过我没有机会看他写的作文。这次读了他的来信，我就像读刊物上发表的游记一样，新奇、激动。我特别领会到儿子对家、对上海、对国家的爱。尤其他对母亲的爱，更是无时无刻不在。所以我将这封信反复读了几十年，也发表过若干次。以后他太忙了，再写这么生动真情的信不可能了。我想，我的大儿子在重复抄写这么长的家信过程中，也会泪珠滚滚。毕竟我的两个儿子都能凭考试出国，首先是改革开放的大好形势和他们自己的顽强拼搏，其次，毫不含糊地说，我和他父亲的辛勤抚育也是重要因素。

大约过了十天，我又接到沐黎亲手转抄的沐海写回家的第二封长信，也是贴四分钱邮票，由中国驻莫斯科使馆工作人员带到北京转寄中央美术学院给沐黎收的。沐黎仍然一个字一个字地摘抄了寄给我，也寄给急需了解情况的年轻朋友们。

第二封信内容很显然是继第一封信后接下去写的。信上说：

使馆请我们吃免费早餐。有油条、油煎馒头、黄油、果酱、雪里蕻、榨菜、咸菜、酸黄瓜、红肠、牛肉、卤鸡蛋、白煮蛋……品种很多，我是每样都取点尝尝。结果酸黄瓜又嫩又好吃。说是照俄罗斯方法制成的。饭后每人还领到三个大红苹果。

在进餐前，我先登上屋顶平台去看莫斯科日出，正对着红太阳看到的是庄严雄伟的莫斯科大学。它在温馨的晨曦映照下更显巍峨，更欣欣向荣。

我走在小道上，两旁都是小白桦树，金黄色的树叶影子，轻轻地摇曳在绿色的草地上，旁边是静静的湖湾，成群的野鸭在湖水中嬉戏。长长的一条林荫道上，散满了落叶，走在上面别有一番情趣。我一边慢走，一边从地上拾起许多松叶、树叶。我仿佛置身在美丽图画中。最奇异的一种松枝，有两种颜色：外层浅绿，里层深绿。就在一棵树上，色彩那么分明，那么有层次，让人感到它的旋律美，它的声音节奏动人心弦。如果沐黎，你这时也在这里，我们兄弟共同欣赏如此美景就太好了。这样的环境美，只有我们自己内心能感受，没有任何语言能形容、能表示、能转达……

使馆里也有小湖小船。我看时间还早，忍不住上小船，用一支桨轻轻划到湖中。一群野鸭呱呱地伴游在小舟边，简直是一首抒情交响曲。要不是预定的外出参观时间快到了，我还会在湖中荡舟尽情地享受生活美。

我们先参观红场，然后去列宁墓外排队。刚到时，我们排在队伍的底端，前面是望不到头的人群在慢慢攒动。没有过多久，我往后看，我的身后也是望不到尾的人群在慢慢移动。好在队伍中的人群脚步一直在向前移，并不觉得停滞。

列宁，这位伟大的历史人物，平躺着，他的一只手摊开，一只手微微握拳。脸色和睡着的普通人没有什么不同。他的整个上半身被一种特殊的聚光照亮，形象光彩夺目，像一座能发光的玉雕塑像。列宁的神韵吸引着我聚精会神地走着，注视着。我没有注意脚下还有高低不平的台阶，差点滑倒。幸好旁边一位守灵的红军卫士用力抓住我才没有摔下。

出了列宁墓，我们又顺着路线绕到红墙内，看了苏联三代元老陵墓。斯大林、捷尔任斯基等的事迹，我们曾经在课本上读过的内容又历历出现在我的眼前。他们都有自己特殊的事业，而今都静静地躺在那里，接受后人的评议，接受历史的检验。这就是人类文明的进步。

看文物展也必须排长队。我只能匆匆走过，不能细看。谈不上印象有多深。反正既然到了莫斯科，看总比不看好。

我最乐意的是去大教堂背面拍照。那座大教堂活像一个大玩具，非常别致，给我留下了非常深刻的印象。与我们同行的是我国派驻瑞典的周先生。他用自己带的照相机为我咔嚓咔嚓拍了好几张。周先生用的是日本简易自动相机，只有135相机的一半大。他说，他回北京时会把底片和照片都送到美院。沐黎作主，分给亲友们留作纪念，不辜负莫斯科红场之行。

我们刚接到通知，晚上就乘火车去东柏林，路上需要28个钟头。然后转车去西德慕尼黑。使馆工作人员想得很周到，不仅为我们准备了车票，还为我们准备了在车上吃的东西：烤鸡、酸黄瓜和榨菜。我这个远离祖国的游子，感到亲人无微不至的关怀。

沐海信上说的周先生为他拍的照片，我们一直没有收到过。如果周先生能看到我在这里写出的细节，我相信他是一定会把照片给我的。三十多年前的照片，是缘分，更是友情。

　　沐海到慕尼黑以后，首先就是继续进语言训练班。他在国内外语学院的半年已经掌握了一些基础知识，加上继续学习过程中特别用功，三个月期满他得到的成绩是"满意"，属佼佼者，但是他坚持按规定再学了三个月，为深入研究欧洲音乐文化打基础。他根本没有时间再写长信了。

　　结束为期半年的两届语言训练班后，沐海直接进了慕尼黑音乐学院大师班。除了学习规定的科目以外，他还报名参加了文学、哲学等其他学科的课程和讲座。因此，他迅速进入了德国高层次的学术领域。所有时间都被他自己安排得满满的。节奏快，受益多。他给家里写信的时间减少。别说再写长信，就是写短信的时间都很少。之后收到的基本上是他游历欧洲时在途中顺便买的一张张明信片，写上我的名字和地址后投邮的。内容主要是说一声行踪让父母放心，他心里明白最思念他的还是我这个把他放在心窝里奶大的母亲。即使是他寄来的简短明信片，我看见了也会产生联想，情感涌动，感触颇多……

沐黎出国

沐黎在北京中央美术学院研究生班的学习时间规定为两年。他估计文化部第二批出国留学生考试不会间隔太久，所以业务学习的同时对英语学习也不放松。我去北京出差时，总先去看看他。有一次正碰上中央美院到了几台进口"砖头式"录音机，每台大概是200元售价，要买的人太多，只好抽签看运气。沐黎幸运抽中。所以我给他付了200元。他的学习方法与众不同，不是专门花时间坐下来学英语，而是只要起床，就把那台刚摸中签买到手的录音机打开。无论他在做什么，都有英语相伴。他的观点是，就像小孩子学话刚开始什么都不懂，但听多了自然就懂了。我觉得他琢磨出的方法实用，所以也跟着他的样，不懂的东西、想用的东西，用多看多听的方法，自然入门。有一次，我在中央美院食堂排队吃饭，想买好了饭菜等他来。快到窗口时，有同学说，沐黎已经来了，我还以为谁看见他了，也东张西望。同学这才说，不是看见了人，而是听见他录音机里放出的英语声。中央美院只有他一人这样。我刚端出饭菜就发现英语声在附近出现，转头就看见了他。他帮我把饭菜端走。我们母子吃得很开心。

第一学年刚完，第二批公费留学生的考试时间就公布了。沐黎和他的弟弟一样，也是第一个报了名。他是那一年考生中成绩最好的。笔试80多分，口语更流利。他从北京直接出国。我带着他的妻子和半岁的女儿由上海专程去北京送行。我们先住在他在中央美院的宿舍。后来发现没有地方烧奶糕给他女儿吃，我们只好都住到季方老人家去。

本来我要给沐黎添置点东西的，他很懂事，很体谅妈妈，说弟弟走时家里花钱太多，还欠了债没有还清。我也不勉强要给他买东西了。这次也是季老的专用车送沐黎到机场的。因为英语好，二十几个留英学生中还指派沐黎负责办理各种事务，所以我们送他到了机场，他就去忙公务了，最后才来与妈妈和妻子告别。他的女儿太小,我担心路上着凉生病,所以让她在家里睡觉。我们过了半夜十二点才回到季家。两天后我们回到上海。

两个儿子不在家,家里特别冷清。儿子远走高飞了,日后是喜是忧,我心里没有数,夜晚在床上总要悄悄流眼泪。

1

1 沐海寄给母亲的明信片，
   报告在欧洲的音乐会成功
   1985年　汤沐海／供图

2 在北京革命老前辈季方家
   欢送沐黎赴英留学
   1981年　汤沐黎／供图

3 读硕期间，沐黎在京与夫
   人及留学生合影
   1980年　汤沐黎／供图

2

3

"会说话的手"

　　汤晓丹在乒乓球房挑选过演员，儿子沐海也在慕尼黑音乐学院的乒乓球台上猛练左手握拍打球。练的目的不是为比拼球艺，而是活动左手左腕左臂关节。因为交响乐指挥必须左右手同样灵活。他在国内时酷爱运动，篮球、游泳、乒乓球等都是他的强项。乒乓球他是右手握拍，因此右手比左手灵活。到了慕尼黑，他利用在音乐学院学语言的半年期间练习左手握拍上阵。

　　与他同去的理工科留学生宓怀风对我说，沐海练球时，挑选球艺好的人陪练。最初他接球都成问题，一直忙着捡球，不让别人帮助。他说自己捡球也是练腰功。

　　经过半年的勤学苦练，沐海终于能左右开弓，常常赢球了。他高兴，同学们也佩服他的恒心和规划。后来不少乐评家看了沐海指挥的音乐会都赞美他有一双"会说话的手"。

　　乐队队员们也赞美沐海的指挥手势精准、节奏清楚、感情充沛。他们能通过他的手势语有所悟，演奏出指挥家心中所追求的音乐质量，让台上台下共鸣。评论家们认为：

汤沐海指挥的音乐会，都打上了他个人风格的标记。只要听他的作品，就能让懂音乐的知音感到是沐海指挥的音乐。

做指挥不容易，做好指挥就更难，必须勤学苦练积累真本事。真才实学是做事成功之本。

沐海在日内瓦音乐厅指挥　1985 年　汤沐海 / 供图

1

2

1 油画《指挥家汤沐海》
2004 年　汤沐黎作画并供图

2 汤沐海指挥上海爱乐乐团 / 钢笔速写
2011 年　汤沐黎 / 供图

3 沐海指挥中激情洋溢
汤沐海 / 供图

153

3

沐黎画坛成就

　　沐黎到伦敦皇家美术学院报到后，学院有画室，安排的宿舍租金也不贵。除了上课方便外，宿舍还可以接待英国朋友。英国极负盛名的大诗人斯蒂芬·斯彭德曾经访问过北京，文化部指定英语好又懂业务的汤沐黎参加接待工作。沐黎到伦敦后，大诗人就要求沐黎为他即将出版的《中国日记》一书做校对。大诗人的夫人是皇家音乐学院的钢琴教授，儿子也是画家。沐黎正好样样都通，与他们全家特别投缘，成了大诗人家的座上客。经过深入交谈，沐黎很佩服这位大诗人的诚实和丰富的学识。与此同时，沐黎还为英国已故诗人威廉·布莱克诗集《天真之歌》创作了《牧童曲》《摇篮曲》《托儿曲》《欢笑曲》《春之曲》《梦之曲》《开花曲》《寻儿曲》共8幅插画，深受作者、评论家和读者喜爱。

　　沐黎凭自己的实力经常参加各种社交活动，又结识了很多有文化修养的英国专家学者和贵族子弟，沐黎对他们的谈吐风度印象极深。他也到朋克俱乐部去观察体验年轻一代前卫的状态并作画留念。

154

在一次宴会上沐黎认识了布朗宁神父。这位神父特别喜欢沐黎的油画。他主动对沐黎说，自己住所很大，如果愿意搬去住，他十分欢迎。沐黎乍听有点发蒙，神父家条件好，租金也会贵，所以没有立即作出反应。布朗宁神父很机灵，主动说，可以先跟他回家看看。那里果然比学院的宿舍好了许多倍。沐黎说："可能租金太贵……"

布朗宁神父态度诚恳地说，租金按你在学院的付，不住的时候免收租金。我欢迎你来住是喜欢你的画，是友谊。不喜欢的人，我是不会让他住进来的。沐黎感受到神父情真意切的国际友谊，马上搬了过去。因为房间比原来大，他可以陈列更多作品。神父特别讲信用，沐黎旅行外出时的房租不收，为他节省了很多开支。绘画多，媒体宣传更多，沐黎的画被更多喜爱者收藏。经济收益好。

1

2

3

4

5

6

1 沐黎从英国皇家美术学院研究生毕业
　1984 年　汤沐黎 / 供图

2 《阿博特总理像》，由加拿大联邦议会
　议长揭幕
　2002 年　汤沐黎 / 供图

3 陈列在美国康奈尔大学的校景图
　1995 年　汤沐黎 / 供图

4 油画《指挥家康伦像》在美国辛辛那
　提音乐厅揭幕
　2005 年　汤沐黎 / 供图

5 沐黎完成油画《电影导演汤晓丹》，
　上海美术馆收藏
　2003 年　汤沐黎 / 供图

6 油画《转战南北》出展美国前夕
　2008 年　汤沐黎 / 供图

7 油画《霸王别姬》在中国美术馆展出
　2005 年　汤沐黎 / 供图

7

苏格兰见闻

　　我的大儿子在英国皇家美术学院受到英国上层热爱油画的众多人士青睐。比如有位英国收藏家,买了画,还邀沐黎郊游。有一次,那位收藏家的母亲开车把他们送到苏格兰高地丘陵区。那儿上下只能步行,根本没有道路。他们二人背了罐头、饮料穿越。沿途风景奇异多变,是繁华大城市根本见不着的。对画家来讲是激发创作灵感的仙境、圣地。他们二人吃吃喝喝、写写画画,心情之舒畅,无法用语言形容。

　　沐黎印象最深的是他们背上山的瓶瓶罐罐,下山时一件不少。山上非常洁净幽美,游人都不愿意把吃完后的空瓶罐乃至一张小小的餐巾纸扔在山上,以免破坏环境。最初,沐黎以为只有他们二人是开路先锋。后来才知道去那里的人不少,只是游人都自觉保护环境,所以丘陵区像没有人去过一样。沐黎当然抓紧时间画了写生图。一天一夜的苏格兰高地野游是沐黎异国他乡很有纪念意义的日子之一。

　　他们背着包,出了山地,找到放垃圾的桶。两人都很细心将空瓶空罐分类放入桶中。友人事先与母亲商量好，他们从东边上、西边下，她准点到约好的出口区等他们。沐黎看到沿路五颜六色的漂亮垃圾桶，居民们分类处理垃圾的行动很自觉。这是距今三十年的往事了。

走访爱尔兰

沐黎在去英国前，与一位在中央美术学院留学的白兰小姐交往比较多。她来自爱尔兰，父亲是爱尔兰贵族，拥有自己的庄园和土地。白兰有六位姐妹，没有兄弟。沐黎去她家时正碰上六姐妹都回家过圣诞节。白兰的父亲经常和雇工们一起在地里耕作，他开拖拉机就像运动一样开心。母亲常日操持家务。

159

恰逢当地贵族庄园主们组织了一次猎狐活动。他们骑着高大漂亮的骏马，率领三亲六戚外出，白兰六姐妹也都骑马跟在队伍中，成群猎狗带头，马队紧跟。浩浩荡荡，热闹非凡。跟在后面助兴的队伍，像是啦啦队，特有的生活情趣和欢笑声飘荡在山林旷野，沐黎好像回到原始人类社会。猎狐的队伍在望不到尽头的旷野成了大自然的真正主人。

那些参加猎狐的家族都有祖传庄园。有的人丁兴旺，几代同堂；有的孤身一人。沐黎跟着白兰走访，一户一户写生。他们是第一次接待来自遥远东方的中国客人，都非常热情，也爱沐黎的速写画。沐黎取材各异，有当地风景，有人物肖像。主人家重友情，更尊重画家的创作劳动，都友好送上回报。沐黎的爱尔兰之行收获甚丰。

白兰的姐夫是爱尔兰牧场主。除了祖传的产业外，他还与邻居合资办了一家威士忌酒厂，远近闻名。为了答谢主人的热情款待，沐黎在石砌的白粉墙上画了大幅壁画。沐黎很尽兴，主人欣喜若狂举着盛满威士忌酒的巨杯大声说："这幅大壁画，就是我们的传家宝！"

沐黎在爱尔兰的庄园里走访，整整画了一个月，记忆了一辈子。他说，世界上许多名画都是这样保存下来的。如果有机会再去爱尔兰，第一站就是到白兰姐夫家的庄园，重走青春路，驻足这幅大壁画前……

1

2011.7.6
小提琴家吴正瑜绘学习绘画的意念，等待沐黎作画的乳猫。

2

1 母亲定居长宁一周年 / 钢笔速写
　1999 年　汤沐黎 / 供图

2 母亲与小提琴家吴正瑜聊天 / 钢笔速写
　2011 年　汤沐黎 / 供图

3 汤沐黎画家人 / 钢笔速写
　2015 年　汤沐黎 / 供图

3

Family gathering
2015.3.29

1

2

1　母亲与友人品尝小吃 / 钢笔速写
　　2010 年　汤沐黎 / 供图

2　顺兴川菜馆新开张，母亲应邀入席 / 钢笔速写
　　2010 年　汤沐黎 / 供图

3　母亲与好友聊天 / 钢笔速写
　　2010 年　汤沐黎 / 供图

3

沐海回国参赛

　　小儿子沐海在慕尼黑音乐学院大师班以优异的成绩攻读学位时，一直有一个心愿，即参加卡拉扬基金会举办的世界青年指挥赛。沐海细读招生章程，认为自己年龄刚好搭上末班车。报名后，他写信问家里是否可以负担往返机票费，他想回上海排练参赛曲目。

　　我立即回信支持他，由于没有外汇，我只能折合人民币付出。沐海机灵，他用德国朋友托他代买中国衣物的马克去付机票钱，然后开来长长的购物单，我付出人民币购衣物，由他带回德国结算，一分不错。不过苦了我，天太热，我提着大包小捆在太阳暴晒下回家，一包一包算得清清楚楚。有时，两眼发黑想买根冰棒或者喝瓶汽水都舍不得，因沐海所需机票对我来说是一笔巨大开支。

　　更让我头疼的是，他自己联系好的乐队，在上海音乐学院排练时提出每小时要冷饮费，我只好照付。我问沐海多少人，他报的乐队人数与到家里来取冷饮费的人数相比，少了许多，真有点像发薪的名册。沐海需要排练参加比赛是大好事，许多人想有这样的机遇还得不到，我也只能装笑脸，统统照付。收费的人第一次取走现金后，又来补要过一次，说是漏了几个名额，我也如数付清。

沐海在上海排练的日程很紧，贺绿汀院长非常支持，关照上海音乐学院免收沐海的排练厅费、水电费、清凉白开水费等。我一直感恩贺绿汀院长的高尚艺德。他去世时，我送了一个特大花篮签上汤沐海的名表示永远的怀念。如果贺绿汀院长不开恩，我还要缴付大笔费用，真不堪重负。那次总计付出500多元，是我不吃不喝整整7个月薪水的总和。作为祈望儿子长大能成龙远飞的妈妈，我心甘情愿这样做。所幸沐海真的闯开了局面。

离开上海回慕尼黑前，沐海在上海音乐厅指挥了两场由上海交响乐团演出的音乐会。副首席陈慧尔至今还常常提起那次演出——1981年8月23日和24日两场，不过时间已经过去30多年了。

原规定沐海回到慕尼黑后很快就要开始比赛的，临时接到通知：比赛因故移后一年，所有报名参赛者均资格有效。沐海心里欣喜，这样可以赢得一年时间准备，成功的把握更大。他不仅更加勤奋努力，还专程从慕尼黑去汉诺威看别人比赛取经。他到汉诺威时，时间还早，进不了赛厅，他只好先去汉诺威公园看巴洛克风格的雕塑，等再回赛厅时已经过了入场时间，他被拒绝，在门外反思。"人的一生，稍不当心，晚一步，就会失去好机会。"所以他后来会说："命运之神，把我推进灾难漩涡时，我学会了忍让、拼搏；命运之神，向我招手微笑时，我必须谨慎把握机遇，细心、大胆迎接挑战。"

后来我才知道，巴洛克艺术是 17 世纪从意大利兴起的一种艺术风格，尤其在建筑领域，集设计、雕塑、绘画之大成，沐海说，它的艺术魅力会让人达到着魔似的强烈程度。许多观者都会在现场流连忘返。他太入魔了，竟然错过了返回比赛现场的时间。

165

1

1　沐海在上海音乐厅指挥上海交响乐团
　　1981 年　汤沐海 / 供图

2　沐海在慕尼黑学习期间，接待远道来访的
　　沐黎和著名画家陈逸飞（右一）
　　1982 年　汤沐海 / 供图

2

跃龙门

　　因为支持沐海参加卡拉扬基金会举办的世界青年指挥比赛，我欠了一大笔债，但是当时一部分人先富起来的思想让我糊里糊涂感到高兴，以为自己就是先富起来的人之一。我急着把欠债还清，省得显不出先富起来的模样。

　　沐海的比赛延期，多了一年的努力，信心更足了，决定要比出最高水平，很快就到进赛场的时间了。我不是教徒，却情不自禁地用手在胸前比划，祷告成功，而且不是小成功，是一鸣惊人的大成功。母亲望子成龙的心有时幼稚得可笑，幼稚得忘乎所以，幼稚得不知天高地厚。说得好听些，是幼稚得返老还童。

　　我一天看好几次信箱，终于等来了沐海寄回的长信，其实它比之前六天六夜纪实的那封长信短了很多，但是比明信片确实要长。信上描述的是赛场上出现风波时他的反应和心情。

　　原来，首轮比赛结束，沐海名列前茅。他当然信心更足准备继续考出好成绩。比赛嘛，比的就是成绩和名次。突然评委中的苏联代表提出"汤沐海已超龄，不该继续比赛"。而柏林方面的评委代表坚持汤沐海超龄是比赛延期造成的。责任不在参赛者，更重要的是规章明确注明汤沐海有权参加比赛。双方各不相让，坚持自己的观点。汤沐海本人则沉着应对，不受外界干扰，进入第二轮考试。

比赛出现如此尖锐的对立观点还是首次发生。卡拉扬听完汇报后决定次日自己驾直升飞机从萨尔茨堡家里飞到比赛现场。

第二轮抽签，沐海第一个上场，成绩又是遥遥领先。

此时，西欧与东欧的评委意见依然不统一，于是卡拉扬决定延迟赛程，单独看一看沐海的指挥。

沐海得到通知后，非常激动。他相信自己会成功，也担心会失败。好在"文革"时受过磨炼，他清醒地意识到，必须面对现实，除净杂念，充分展现自己对作品的理解，放情诠释，一切让大师来评判。这就是我们常说的初生牛犊不怕虎。那一夜，他美美地睡了一觉，清晨起床意气风发地去了赛场。

赛场里除乐队外，评委席上没有人。沐海静坐潜心进入状态。稍刻大师到了，他主动与沐海握手，轻轻问："指挥什么曲目？"

沐海也轻声回答："规定的柴可夫斯基《第六交响曲》。"那时他并不知道这是卡拉扬的拿手之作，所以没有一点精神负担，显得轻松自信。

一曲终结。当沐海还深深地沉浸在余音中时，卡拉扬已经走近他，再次握住他的手，轻声说："很好，很好。"

沐海零距离望着大师，聆听大师的评语，激动得不知道该说什么好。

卡拉扬缓和了情绪说："比赛中出现的争议，没有必要发展下去，那只会伤感情。我看了你刚才的指挥，产生了新想法，你不要参加比赛了。"

卡拉扬继续说："我打算安排你在慕尼黑音乐学院大师班毕业后到柏林爱乐乐团驻团跟我学习两年，请你参加明年音乐季指挥乐团的套票音乐会。我的这些想法和做法会直接发信通知中国政府。"

汤沐海如梦初醒，这是他报名参加比赛时想都不敢想的天赐良机。他暗下决心："大师卡拉扬帮助我尽快走上国际指挥舞台，我会把生命献给音乐回报大师。"

信里写的这些，我反反复复读了很多遍，每次都泪流满面，每次都有新感悟。他的经历让我懂得了人生的成功靠的是踏踏实实和全力以赴。

大师青睐

卡拉扬大师是讲诚信办实事的贤达之人。他对中国关门弟子汤沐海的重视、提携和务实安排，效率极高。很快他就让柏林爱乐乐团的团长彼得·吉尔特博士给中国驻西德大使馆文化处发信，还将复印件给了沐海本人。原信内容是：

汤沐海先生参加本届赫伯特·冯·卡拉扬基金会举办的指挥比赛，取得了巨大成功。评委会对他的非凡演出特别感到惊喜。

根据他在此次演出的成绩水平，我们邀请他指挥柏林爱乐乐团，举行一次公开的音乐会。为此制定计划的工作正在进行。

汤先生将在 1983 年夏完成他在慕尼黑的学业，

如果他能在此以后移居柏林，以便参加柏林爱乐乐团全部季度排练活动，特别是卡拉扬先生的排练，这将是十分理想的事。卡拉扬先生表示愿意为汤沐海先生提供一切可能的支持与帮助。汤沐海先生可以向卡拉扬指挥比赛主席阿伦道尔夫教授报到担任见习指挥。这样，他在柏林期间无论是学习或是实践都将得到理想的安排。

我们认为汤先生前程远大，因此，我希望我们双方找出一条共同的途径，为汤先生提供最大可能的方便。

当我读到这份复印件的时候，真是热泪盈眶，十分自豪。一个中国留学生能在异国他乡受到大师的鼎力相助，这是他出国时、回沪排练过程中我想都不敢想的奢望，它终于成了活生生的现实。信的用词充满了平等仁爱，我也受到启示，学到些做人的道理。

至此，我才发现后面还有不少事要我这个妈妈去完成。沐海在慕尼黑音乐学院大师班的导师米歇尔·赫尔曼教授和慕尼黑音乐学院的副院长阿尔冯斯·康塔尔斯基教授分别写信给上海音乐学院的黄晓同教授和上海音乐学院院长贺绿汀，请求准许汤沐海在德国延长学习期限。

黄晓同教授是在上海音乐学院直接传授指挥技艺给汤沐海的恩师。他在回信中说："鉴于以上情况，我本人认为继续深造的愿望是良好的。拟请同意他的延长请求，以便打下坚实基础。"

至于信封上指定由我转音乐学院院长的那封信，我不知道应该送给谁。后来才想到请周小燕教授转交。我常常回想起去周先生家时，沿途心跳剧烈，害怕她不肯答应帮忙。她却是大家风范，还安慰我说，这是好事，你放心，学院老师们都不会反对。

直到沐海来信，说他已开始准备指挥大师班毕业音乐会和指挥柏林爱乐乐团的套票音乐会时，我那颗悬空跳动的心才平静下来。以后，只要别人托我做事，特别是与事业发展有关的事，不论大小，我都尽力而为。这也是至今我朋友多的原因。

走上国际指挥舞台

沐海的两套重要音乐会的成功，让我一直沉浸在莫大的欢乐中。

第一套音乐会是他大师班毕业时的演出。曲目是李斯特的《第一钢琴协奏曲》和柴可夫斯基的《第六交响曲》。演出刚结束，当沐海还深深地沉醉在音乐的旋律中时，台下的观众就爆发出雷鸣般的掌声和欢呼声；台上的乐手们也用劲敲击乐器，台上台下欢腾声一浪高过一浪。闪光灯对准卡拉扬的关门弟子闪个不停，鲜花清香四溢。

汤沐海获得的大师班毕业文凭，是德意志联邦共和国高等艺术院校授予的最高学历。汤沐海是获此殊荣的第一位中国人。他十分兴奋，立即给我写了一封信报喜。只有简单几句话："妈妈，我的毕业音乐会很成功。我很高兴，也很感激你，我的好妈妈。"一个信封装了小小一张薄纸，虽然分量极轻，但航运了20天才到家。读着读着，我的眼泪糊住了视线，我一个字也看不清楚了。但是这几句话却越来越亲切地在我的耳边响起。多少年来，我们母子共同拼搏的目的，就是为了这起步的一天，它终于变成了现实。

紧接着是沐海又寄回来的德国导师米歇尔·赫尔曼教授对他的评价：

汤沐海先生是一个极有音乐天赋，努力而又睿智的指挥，他能在短期完全熟悉欧洲音乐，我更为中国人的出类拔萃感到骄傲。

《慕尼黑文化报》周末版头条也介绍卡拉扬认为中国的汤沐海不仅音乐素质好，还很执着追求音乐……

这时，沐海还是很纯真、很可爱、很有悟性地认识自己。他在信里说：

……我有来自母体的智慧，有自己的努力，更有社会机遇。能用人类赖以生存的精神财富，能在国际乐坛上尽情施展才华，这是我应尽职、尽孝、尽忠的责任，更是音乐家应该做的分内事。我会把音乐当作终生事业，我爱音乐，胜过爱自己的生命，我将用全身精力做好我的每一场音乐会。

这不仅仅是他的由衷表态，也敦促着我做一个更好的母亲。我变得时时事事为儿子事业发展着想。

汤沐海的第二套重要音乐会是指挥柏林爱乐乐团的演出。这是在卡拉扬精心安排下，他第一次正式亮相国际指挥舞台。沐海非常非常重视这次机会，看了乐团选定的曲目后，思考再三，他决定到维也纳音乐资料馆去查阅作曲家的原始手稿，认真解读，寻找自己的诠释，换句话说就是对曲子要有个性独特的处理。

维也纳爱乐协会资料管理员诧异地望着站在他面前的汤沐海，嘴里自言自语："我在这里工作了这么多年，还是第一次碰到中国人来查原始手稿。"

沐海小心翼翼地接过在书柜里沉睡了多年的舒伯特交响曲第六号，心潮起伏，仿佛每个音符都有特殊的意义，都撞击着自己的灵魂。"文革"中他在新疆军区文工团养成了习惯，就是他遇到每个新发展阶段都要独立思考。看清楚了前后左右才行动，否则会陷入困境。这个态度，用在做学问上更见成效。在新疆，他读音乐总谱，学习弹奏各种乐器，收获颇丰。

沐海坐在音乐资料馆，读着原始手稿，如获至宝。

他轻轻翻动每一页，仔细琢磨，想从中获取到"那么点火花"。只要能抓住并点燃它，在台上发挥好，就一定能成功。做音乐贵在传承，更贵在出新。

在资料室阅读的优点是安静，没有干扰。他能潜心进入舒伯特的写作年代、写作环境，更重要的是感受写作心情。

后来有记者问沐海："你第一次走上柏林爱乐乐团指挥台紧张吗？"

沐海老实回答："在我接到准确的音乐会曲目后，我就进行了极严肃的思考。明摆着，乐队的演奏家们中许多人的乐龄比我的年龄还大，我要指挥好这场音乐会，唯一有效的秘诀是扎实吃透原作精神，还要根据我的感悟敢于突破。西方的演奏家的良好素质不是看指挥的年龄，而是领会指挥的传递要求，只要指挥能表达出自己对乐曲的诠释，他们都能认同信服。"

结果，音乐会成功了。

演出刚结束，团长彼得·吉尔特博士就快步上台紧紧地拥抱着浑身湿透的汤沐海。

台上的乐手和台下的观众使劲拍手，欢呼雀跃。

沐海一次一次地谢幕，观众仍不愿起立退场，乐手们也坐在原位上敲打自己的乐器。持续了好一会儿，乐队首席被沐海牵手谢幕后他们才跟着离场。观众仍不散，最后沐海单独再次出场谢幕。

后台出口处，观众排成长队等候签名。汤沐海开始真正走上了国际指挥舞台。

1

2

3

4

5

6

1 1983年9月，应"指挥帝王"赫伯特·冯·卡拉扬之邀，沐海指挥柏林爱乐乐团，一举成名
汤沐海 / 供图

2 沐海与世界闻名的小提琴家梅纽因大师伦敦演出前切磋
汤沐海 / 供图

3 沐海与德国浪漫主义音乐家瓦格纳孙女留影
汤沐海 / 供图

4 沐海与俄国著名大提琴家米夏·梅斯基在芬兰赫尔辛基演出前合影
汤沐海 / 供图

5 1983年，沐海与柏林爱乐乐团的成功合作轰动了世界乐坛
汤沐海 / 供图

7

6 沐海与世界著名小提琴演奏家安妮 – 索菲·穆特在瑞士合作
汤沐海 / 供图

7 20世纪末，沐海和俄罗斯大提琴泰斗罗斯特罗波维奇在德国演出后合影
汤沐海 / 供图

1

2

3

4

5

1　沐海接受 BBC 中文主播水建彤采访
　　时，不忘感谢父母的培育
　　1984 年　汤沐海 / 供图

2　沐海在德国慕尼黑担任美国指挥大师
　　伯恩斯坦的助理
　　1984 年　汤沐海 / 供图

3　沐海在波士顿坦格尔伍德音乐节上跟
　　日本指挥大师小泽征尔学习
　　1985 年　汤沐海 / 供图

4　沐海课后参加小泽征尔的家宴
　　1985 年　汤沐海 / 供图

5　小泽征尔演出前向沐海面授机宜
　　1985 年　汤沐海 / 供图

6　沐海在上海着力培养青年才俊
　　2020 年　汤沐海 / 供图

6

老汤欧洲游

我的小儿子沐海发来联邦德国雷伯尼文化交流协会邀请汤晓丹和我去欧洲参加活动的函件。思考再三，我以承诺国内电影厂、电视台完成剪辑工作为理由，谢绝了邀请。老汤则办妥了出国手续。

老汤坐中国民航经过十几个小时的越洋飞行到达西柏林，身体没有什么不适。当地已是深夜，他的行李少，很快就出了海关通道。远远望见沐海捧着鲜花等着，他高兴极了。沐海让小汽车司机在柏林市内主要繁华地带转圈子，让老父亲欣赏夜景。满街都是五光十色的霓虹灯，德文、英文、日文、中文店名广告交替出现。与"二战"刚结束时拍的电影《攻克柏林》中的景色相比，柏林变化极大，老汤觉得特别新鲜。

老汤代我游了欧洲，给了我满足感，以至现在写起来还仿佛每天都在伴着他游览，伴着他与儿子亲密接触。说实话，我在国内也是忙来忙去，几乎没有在家闲过一天。在我的心里，我们做到了事业与旅游双不误、双丰收，真是幸福的汤氏人家。我现在转述他在德国的行踪，是从他的日记中得到的。

20多年过去了，仍有新鲜感记述他的出国游，对我来说也是极大的鼓舞。人老了，什么都会逐渐淡忘，唯独对家庭温暖的需求非但没减弱，反而因为常思念更强化了。

柏林自由行——

沐海柏林的家在郊外，离市中心还有一段路，环境幽静。附近有一个英国式小公园，景色秀丽。晴天的早上，老汤喜欢走到公园的绿荫树下，阳光从树隙照射到鲜红的小花朵上，隐隐地还有远处传来的钢琴声，真如到了世外仙境，心情舒畅极了。

老汤更爱的是欧洲文化的博大。过去都是从报刊上看图片，而今活生生地呈现在面前。他总是带着小本子和笔，用他掌握的流利英语，一个人到街坊、商店和书屋去亲身汲取新鲜文化知识。老汤游兴猛发，胆子更大。博物馆、纪念馆、收藏室，只要能进的他都进去参观，先走马看花，再回程细看局部。总之既然去了，就要有记录，有印象，能拍照的拍照，不能拍的记在心里。回家画出来加深理解，这是他一辈子自学成才的秘诀之一。沐海给了他马克，可以任意选购自己需要的参考资料。他的德国之行独来独往，收获颇丰，内心快活极了。

纪念巴赫诞辰三百周年音乐会——

沐海知道父亲自幼酷爱音乐。他导演成名的第一部电影《白金龙》公映后，老板邵醉翁增加片酬，他首先花钱要同室青年去租一台钢琴回宿舍。在音专读书的曾浪舟教过他音乐知识，引导他读讲义听讲座。贺绿汀也常到他们宿舍弹琴，辅导他学音乐。所以汤晓丹是少有的能读作曲总谱的导演。时逢纪念作曲家巴赫诞辰三百周年，沐海花高价在奥地利萨尔茨堡买到一张座位最好的入场券，让父亲去尽情欣赏。而他自己则买了最便宜的票，父子两人的座位相隔甚远。

萨尔茨堡不仅是风景优美的旅游胜地，还是大作曲家莫扎特的出生地。纪念巴赫诞辰三百周年的音乐会选在那儿开，吸引了全世界的音乐爱好者和专家学者前往。其中不乏美国、英国、德国、法国、意大利、加拿大、日本、拉丁美洲的名人。男士着高级礼服，女士珠光宝气，当然最佳座位中的中国电影导演汤晓丹也气质不凡。特别让他自豪的是，他的儿子是那一带指挥界的风云新星。所以，他还时不时往后看，寻找儿子。老汤是懂舞台设计的，他发现音乐会是在大教堂广场上新建的大舞台上进行的，所有灯具都装在广场四周高层建筑的窗口里，集中射到舞台上，交相辉映，十分宏伟新奇。乐队阵容强大，还用了100多位舞蹈演员把耶稣故事《马太受难曲》用芭蕾形式诠释出来。舞蹈的分场是根据音乐段落处理的，以新颖的现代舞姿表现巴赫古典音乐的内容。老汤说他沉浸在至善、至美、至高的享受中，真是人生难得。音乐会结束后，他回到家里与沐海谈了许久。沐海5岁时，父亲带他看了苏联舞蹈家乌兰诺娃的《天鹅湖》，他缠着父亲问长问短。而今世界变了样，70多岁的老父亲缠着新星儿子说东道西，兴奋至极。这是父子俩一生中最感慨的一幕，最刻骨铭心的回忆。

185

　　汤晓丹回到上海后，还一直反复叙说纪念巴赫三百周年音乐会对他的冲击与震撼。老汤说，在欧洲，人们把欣赏音乐看作是人间最高尚的享受。沐海也带父亲去看了歌剧，演员可以下台边走边唱，与观众产生亲切交流。他们仍在不断探索创新。

有一次，沐海带老父亲去看莎士比亚的《仲夏夜之梦》，王子和公爵披的是古装，奥布朗和提泰妮娅穿的可以叫便服，别的年轻角色是现代人打扮。台词照旧，观众的听觉和视觉却产生了新鲜感。反正追求创新是大家的共识，多见不怪。

漫游德国——

翻译丁静带汤晓丹从慕尼黑乘火车，经过法兰克福到西德首都波恩。那里城市干净，绿化好，行人举止文明，商店橱窗东西多。看得出那时期西德人民生活水平比我们国内高许多。

汤晓丹住在中国大使馆招待所。郭凤鸣大使非常热情，当晚就请老汤吃饭，还叮嘱他注意事项。在波恩停留了两天，印象最深的是乘船游莱茵河。沿河两岸都是连绵的半坡丘陵，坡顶建筑别致，让人感到它们的古典美。随着约翰·施特劳斯音乐的响起，老汤仿佛进入中世纪文明，有时还感到置身于童话世界。

在波恩最大的遗憾是老汤一心想看的"贝多芬纪念馆"偏巧不开门，他只能站在大门紧锁的馆外，默默地怀念这位伟大的乐圣。

在波恩的两天时间匆匆闪过，丁静按计划带着老汤坐上往科隆方向的火车，去看那座哥特式的大教堂。教堂外的广场很大，进进出出的人群川流不息。丁静拽着老汤挤进教堂，看到许多人在做礼拜，善男信女们十分虔诚。

在科隆，丁静把老汤送上去汉堡的火车后，自己回单位上班去了。火车到站，接老汤的是沐海的朋友——一对中德联姻的年轻夫妇。丈夫是中国人，妻子是德国人。他们开自己的车回家。稍微休息后，德国女主人开车带老汤游汉堡海港最热闹的码头区，那里到处是酒吧和靠岸的海员。女主人出生在中国，汉语不错，英语也好。她带老汤去参观巴赫曾经工作过的教堂，在那里碰上许多音乐爱好者正在举行纪念活动。人们对毕生刻苦搞音乐创作的"西方近代音乐之父"巴赫崇敬至极，老汤受到深刻感染。在汉堡的两天，他忙得透不过气来，但是非常快乐。按预定安排，两位主人开车送老汤坐上南下的火车，经过几个小时回到慕尼黑车站。这时沐海已从荷兰指挥音乐会后回家，站在月台上迎接父亲。父子长时间拥抱，充满深情。

老汤回国——

本来沐海打算让父亲去意大利威尼斯水城。沐海常在意大利指挥音乐会，交了不少朋友，大家都抢着邀请指挥家的电影导演父亲去住，结果因签证误时没去成。老汤说，沐海曾经做好了准备带他去荷兰出席音乐会的，也是因签证误时没有成行。

在西德，沐海对父亲非常体贴。他深知父亲唯一花钱的地方是买书，就经常给他零钱。西德书店多，世界各国的名著都有，就是贵。父亲知道儿子赚钱不容易，不肯轻易花，也从未主动问儿子要过钱。回程时间快到了，他把口袋里积的钱取出来数数，足足有近五千马克呢！他这才下决心去书店买了好几本心仪资料带回家。老父亲仔细算算，南来北往的开销，花了儿子大约四万马克。这一生就这么一次沾儿子的光，足够了，满意了。

临离开德国时，沐海告诉父亲，回程途中的机票是他的经纪人代办的，要从法兰克福坐泰国飞机在曼谷停两小时，再换乘去香港的飞机。儿子在香港要指挥音乐会。父亲当然格外兴奋，因为他早年在香港导演过许多粤语片，对那时的香港很熟。这次路过，能旧地重游，也是一件难得的好事。他原想在香港访问几个老同行、老朋友，当飞机着地，才发现城市发展很快，到处高楼林立，根本不认识了。他待在儿子安排好的旅馆，哪儿也没去。

香港媒体曾称"金牌导演汤晓丹在新中国电影发展史上被称为'银幕将军'"，因而沐海的经纪人打算在他音乐会前举行的记者招待会上介绍老汤。汤晓丹十分稳重，谢绝了发言，连被新闻记者采访的机会都放弃了。然而，香港媒体还是用巨幅版面介绍了汤晓丹昔日导演粤语片的成就，尤其重新把他的抗日三部曲《民族的吼声》《小广东》《上海火线后》向香港民众做了介绍，取得良好效果。

音乐会后，沐海直接飞北京。我去上海机场接老汤，他比签证到期日提前三天回国。这三个月是汤晓丹与小儿子一生中最难忘的日子。

在王室家族中的见闻

　　表特侯爵是英国王室斯图亚特家族的直系，在伦敦有豪华的住宅。表特侯爵夫妻俩邀沐黎和夫人去他们在苏格兰的世袭封地"表特岛"度假。那个岛非常大。城堡威严雄壮。里面住着侯爵家族外，更多的是仆从。

　　沐黎最喜欢的是城堡里的那座家用大教堂，其规模可与城市公用的大教堂比美。城堡里的室内地下游泳池里矗立着许多石柱，人游水中，穿梭在石柱缝间。缝隙宽窄依据天然地形。水温适度，水质特别，让人的皮肤感到很舒服。沐黎夫妇每天都要去池里游玩取乐。

　　侯爵家人，不论辈分，不分男女，都会骑马。骑马前必定要换上特制的绅士淑女骑装。家人各订制装由专人保管；客人则是大中小号齐全任凭挑选，穿着合身为宜。上马前戴上帽子，就像在影片中看到的那般威风。沐黎心情之欢快，只有自己能感受。沐黎回想中学下乡劳动时曾经骑过牛。原以为骑马与骑牛差不多。上了马背，才发现，马与牛大不一样。他后来在信里说："不上马背，不知马比牛难骑，难骑，难骑。"

侯爵家养了许多匹好马，雇了有祖传养马经验的能手，识马性，懂马语。人与马亲密无间。尤其良种骏马，科学喂食，吃的都是精饲料。不知怎么，我从沐黎的信中描写会产生贵族家中的马比贫困地区的人生活得还要好不知多少倍的感觉。鼻根有点发酸。我直接感受是"人不如马"。而贵族的想法却是"马靠人养，人靠马活，饲养好它们，互利互惠，天经地义"。

他们家的良种骏马在市场上的售价让我听了咋舌。动不动就是多少万英镑，我连记都记不住，别说看到那么多英镑，即使我有了，也不知道怎么花费。还是过穷日子，无忧无患安宁。于是朋友们都很奇怪地问我："为什么不利用机会出国开开眼界？"我的真实想法，命中注定，安于贫困，写文章赚点小稿费，足不出户过日子何乐而不为？

侯爵的岛上有很大的人工养鱼场，都是利用天然湖泊科学养鱼。有鱼苗网栏、幼鱼网栏、中鱼网栏、大鱼网栏。放眼望去，一目了然，有点像托儿所里不同年龄的各个班。鱼养大后捞出鱼塘销往英国各地区和欧洲的其他国家供人餐桌品味，每年收入相当可观。

岛上野鸡很多，不用喂养。打野鸡并不难。它们不会飞高，更不会逃远。关键在提供冰箱货车随打随储藏并运往欧洲各地销售。野鸡的售价远比饲养的家鸡高。它们为侯爵家提供了财源。

尽管如此，侯爵的家业还是在走下坡路，因为英国的法律规定，贵族逝世，要缴一半财产作死亡税（又称遗产税）。一代减一半财产，几代相传，所剩就有限了。侯爵对沐黎诉苦："我们曾有座五颜六色的大城堡，在威尔士，里面有许多雕刻和艺术品，有点像你们中国的大寺庙。因为交不起死亡税，只好将城堡抵给政府。后来辟为博物馆让人参观。"

侯爵有点伤感，沐黎则认为这样并非不合理，能让更多的人共享文明，了解和认识社会，特别对史学家们如此。

沐黎在信里特别提到历代侯爵都必须接手完成祖先开创的一项装饰任务：一条手工织的大挂毯。现在还有大半截空着。沐黎兴趣浓极了，仔细琢磨设计草图，精美复杂，要能工巧匠才有资格往下织。常常因故停工，比如经济困难、人才难寻、材料奇缺等等。

负责这项任务的侯爵夫人不得不打电话到处求援。看似简单的家传任务，让每代人忙活。

今天的侯爵后代，都不愿意过祖辈传下来的寂静乡村生活，个个闯出城堡另谋事业。表特侯爵的一个儿子选择最刺激的赛车职业。赛车队里没有特权思想，要求人人都从修车工开始。车轮出故障，修理工要在短时间内排除。好不容易升到赛车手有资格出场比赛时，还需接受更大考验。有一次，他不慎撞车脚骨骨折。他没有退出比赛，而是继续驾车飞奔向前。事后他告诉沐黎自己追求的是"一定要凭真实力在赛车道上比高低"。这种冲劲让我听了感动受益。他最后赛的不是车速快慢而是人格毅力，他们追求的不是祖传的物质财富，而是精神力量的超速与飞跃。

侯爵还有两个女儿。一个本来在英国学绘画，后改变了兴趣，选择在非洲一家私营小飞机公司当驾驶员，每天飞行在丛林上空。

另外一个女儿嫁给了摇滚歌星，一年四季忙着相夫教子，其乐融融。每年圣诞节，她都带着长头发、高靴子的现代嬉皮士丈夫回到娘家，加上几个蹦蹦跳跳的小孩，在偌大的城堡里另有一番横扫暮气的情趣。

沐黎为侯爵一家老少画的肖像都挂在侯爵家中最显眼的地方。绘画把沐黎和侯爵全家联系在一起，友谊深厚。

沐黎获英国最佳画家之一

1983 年，沐黎在英国被极富权威的彼得·莫尔斯基金会评为当年全英 15 位最佳画家之一。在利物浦的市立美术馆和在爱尔兰首都——都柏林的道格拉斯·海德美术馆，各举办一次盛大联展。沐黎参展的巨幅油画是《孙中山在伦敦》《朋克俱乐部》和《伦敦舞会》。观众反映良好。

两地画展，都举办了盛大酒会。许多油画爱好者和收藏家团团围着沐黎，有的要求当场速写、画肖像，有的预定作品。电台、电视台、报刊做了详细介绍。有位英国 BBC 电视导演正在制作《龙之心》大型纪录片，就重点拍摄了中国的汤沐黎和黄永玉，纪录片图像质量极好。导演还带着摄影到上海来跟拍了汤晓丹和我拍摄剪辑电影《廖仲恺》的实况。本来他们还要去拍汤沐海的，只是沐海当时受四个经纪人的安排，整天飞来飞去很难联系，凑上能拍摄的时间更不易，结果只好放弃。

两个儿子在国外激烈的竞争中能展露中国人的才华，对我和老汤来说都是巨大的安慰。我受到不少外国朋友的尊敬。我很快乐。

油画《电影剪辑蓝为洁》，上海美术馆收藏
2004 年　汤沐黎作画并供图

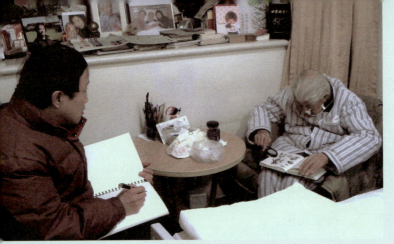

1

2

3

4

5

1　沐黎常去华东医院探望父亲
　　2011 年　汤沐黎 / 供图

2　汤晓丹在病床上看画 / 钢笔速写
　　2010 年　汤沐黎 / 供图

3　华东医院汤晓丹遗体告别仪式现场，
　　背景全用沐黎的画作
　　2012 年　汤沐黎 / 供图

4　沐黎教大女儿画画
　　2012 年　汤沐黎 / 供图

5　沐黎老友、摄影家金问挺趁沐黎回沪
　　探亲时来拍母子相逢艺术照
　　2010 年　金问挺 / 摄

6

6　沐海指挥蒙特利尔交响乐团时
　　顺访沐黎画室
　　2006 年　汤沐海 / 供图

1

2

3

4

5

1

2

3

4

5

1 父母亲临，沐海整装上台
2000 年 汤沐海 / 供图

2 母亲陪沐海分析演出录像
2000 年 汤沐海 / 供图

3 沐海观看上海电影博物馆举办的
父母生平回顾展
2014 年 汤沐海 / 供图

4 沐海与父母在一起
汤沐海 / 供图

5 母亲又为沐海写了一本书
2004 年 汤沐海 / 供图

1 母亲的骄傲。蓝为洁与在国际舞
台大放异彩的两个儿子
1991 年　汤沐海 / 供图

2 沐海女儿苏珊也从事艺术工作。
图为沐海携女儿在广西文化艺术
中心的演出
汤沐海 / 供图

3 中央电视台综艺频道《电影中的
印记》节目，沐海携女儿苏珊演
出，向父母、向电影致敬
2021 年　汤沐海 / 供图

2

3

第四章

剪辑事业

『南方第一剪』，一剪分明扬影艺。

场记工作入门

我的剪辑事业是从做场记工作开始的，时间回到 20 世纪 40 年代。

老汤担任《烽火幼苗》导演时，看见我整天坐在办公室没有活干，就要求王副厂长让我去摄影小分队学习拍摄过程中的知识。我真的去了，李荫负责一日三餐的伙食开销。我跟来跟去，把拍摄镜头和内容记下来，实际做的是场记工作。

我在《烽火幼苗》中做的场记工作，无疑为后来自学剪辑打下了基础，至少懂得了怎样理顺并保存好拍出的镜头。

后来，老汤可能想暗中培养我对影片从拍摄到完成全过程的认识，于是他自己剪辑成品样片——虽然是在剪辑室工作，却没有正式剪辑师参加。据说是承包制作的李荫为了省钱，只用了现场拍摄的摄影助理和我这个什么都不懂的场记，白天晚上连续干。

老汤要我把拍好的画面一个一个分成小卷，排在片架上，一定要照着拍摄大纲的顺序排好，他要一个，我递给他一个。他自编自导自己剪辑，配上旁白和音乐、音效，放映时效果很好。李荫把投资方——社会服务处的官员请到放映室看了完成片，一次性审查不用修改就通过了。六集影片，放映一个钟头，从无到有只花了近两个月时间。导演说，在香港拍故事片也不过这么个期限，算正常。我算第一次亲历了影片从制作到完成的全过程，仿佛懂得了点什么叫真本事。

凭考试上岗

"上影"要成立合作社，贴出布告公开招考，职工家属可优先报名。老"中制"的人都相信我能凭考试重新归队，所以有人通知我，有人代我报了名。我毫无顾忌地去了考场。饭厅的餐桌上摆了纸和笔，由人事科几位女考官负责。我一个人都不认识，但是她们的亲和力很吸引我。她们与旧"中制"人事部门职员的表情大不一样。

考试题目全是政治问答，如什么是新民主主义革命，它与旧民主主义革命的区别，什么是五种经济成分，等等。我在报上多次读过，有所记忆，几乎落笔就能回答清楚。我是急性子，写好交上，转身就回到家里等通知。真的，我被录取了！三个月试用期满，我接到转正通知去秘书科报到，担任拟稿工作。这是我在重庆进"中制"后就习惯做的工作，自觉能胜任。

我们合作社只有三个人，附属于人事科学习小组。那时学习抓得特别紧，每天早上一小时学习是雷打不动的。我年轻，爱读书报，有所感，也有所言。人事科的几位女同志都比较喜欢我的直率性格，我也愿意主动靠近她们。陈芗悄悄告诉我，延安来的钟敬之副厂长了解我的情况后，主动提出让我到秘书科工作，从合作社的编外职工转到"上影"正式职工。随后，我为儿子申请到了"上影"新办的托儿所全托。

后来老汤回上海，看见我们的家大变样，惊喜万分，称赞"是个充满活力的新型家庭"。我自豪地补上一句："那当然。"当时，我刚过 24 岁生日，很自然会产生朴素的感情，就是把家中的新气象和在旧"中制"时的不幸遭遇做对比，从心坎里认识到新社会好，新领导人好，还产生过到大学去继续读几年书的想法。说实话，我太喜欢学生生活。要不是弟弟妹妹多，需要我放弃学业去工作，用每月的薪水贴补他们进学校读书，我会继续学习，成为一个很会做学问的人。我的想法，老汤都支持。我看了一下周围的朋友们，她们都没有我的有利条件，而我有自由安排生活的环境。尽管后来的日子很苦很累，但是心里很快乐。我常常想，如果我的丈夫不是老汤，我不会有这样幸福的家庭，有具备父亲人品和敬业精神的两个儿子。

新中国给我的金饭碗，我一直捧到今天。

专攻电影剪辑

我不但进了国营厂，儿子也进了厂幼儿园。我想自己还年轻，就报了一个夜校班。俄籍夜校教师只会俄语，不会中文讲课，逼着学生进步，以便四年结业时能达到说、听、写、译水平。我好学，相信自己能坚持学成，然后到译制片厂当俄文翻译。家里有老汤暗中辅导，我相信自己能实现心愿。正巧译制片厂剪辑组需要人，人事科找我谈话，我就一口答应服从组织安排。我想先走进大门，然后去敲翻译室的小门。

到了译制片厂才发现，翻译室的小门根本不会对我这样的人打开，因为里面除了专职俄文翻译外，还有部级领导的夫人等。面对现实必须识时务，我决定静下心来，专攻电影剪辑。

那时，译制片剪辑间工作很特别，把外国片分成小段配音后，整部原版影片当废片处理。我想，自学剪辑最好的方法就是把剪成小段的原版片全部拼起来，一个镜头一个镜头地研究它们的组接方法。很快，我就摸准了外国片的处理技艺，用专业术语说就是学会了如何找准剪辑点。我不但有所悟，还能根据自己的想法重新剪辑。除了努力做好本职工作外，我中午从不休息，都是拉片子自学，笔记本上写了许多心得体会。尤其在技巧运用上，我一格一格看画面，比如在情绪掌握方面，我连剧中人的一个眼神都不放过。几部外国影片拉下来，我真的学到了本事。

遗憾的是，由于世俗的偏见，许多人根本不懂自学成才的道理，他们不相信实践能出真知，似乎没有当过儿媳妇就不会是个好婆婆。

当我把自己的收获告诉老汤时，他一直鼓励我坚持学深学透。他的导演知识就是边学边干积累的，真知识变成了才干和灵气。以我们看过的苏联名片《雁南飞》为例，里面有个女主角坐上公共汽车穿过行进部队的长镜头，有人说是剪辑师剪辑得流畅，一些业内人士不明就里也跟着叫好，一片赞美声。我心里不踏实，将那段影片一格一格找过去，发现根本没有下剪刀的痕迹。我叫老汤到剪辑台上看看，他才说是导演与摄影别出心裁设计好的镜头，用升降机操作，一遍拍摄完成的。于是我学到了东西，老汤也掌握了摄影新技巧。老汤为我学俄文花高昂费用购买的原文资料，介绍了那个镜头的摄制，还把高空移动摄影的工作照片都登载出来。这证明了我和老汤务实学习的态度。这也是老汤相信我能成为好剪辑的原因。这种信任是通过自己的勤奋努力，呕心沥血才取得的。

喜获"南方第一剪"称号

《苦恼人的笑》杨延晋做导演，我做剪辑。

杨延晋比我年轻近 20 岁，他是一位充满创作激情的年轻导演。我十分欣赏杨延晋眼快、心快、手快的作风，加上他的个性风格，不受许多传统旧框框的束缚。他的每场戏、每个镜头看起来是独立表达的个体，但组接起来顺手而灵动。有些过于追究动作衔接的老影人很不习惯，认为他拍的镜头接不起来。组里议论纷纷，让杨延晋有些紧张。我只好直言："我是剪辑，我不认为你拍的戏有毛病。"我悄悄告诉他，镜头组接方法不只局限于形体动作，情绪、对话、眼神乃至色彩等都有剪辑点可转换。你就放心照你的思路拍下去吧，我保证能帮助你剪出高质量的影片来。杨延晋对我的话似信非信。

这是他导演的第一部影片，经验欠缺，能拍下去靠的是他的悟性、个性和胆识。

最后《苦恼人的笑》获得了1979年文化部颁发的优秀影片奖。文化部在北京举办颁奖活动，规定每个摄制组可派四名代表赴京参加。过去剪辑师没有被提名出席过此类活动，《苦恼人的笑》破例，摄制组导演和制片都选我为代表，通知了起程的时间。于是杨延晋、应福康、李志舆和我，四人一同乘飞机去了北京。

正巧汤晓丹导演的历史巨片《傲蕾·一兰》也获优秀影片奖。导演是第一代表也去北京。汤晓丹和蓝为洁夫妇分别代表两个摄制组赴京领奖，在"上影"史里属首例。不过到了北京以后，我们夫妇被安排在不同房间。汤晓丹是单间，我和祝希娟同房。参加活动时座位也不在一起。只有出行时并肩往返，别有情趣。

在北京几天，杨延晋的好朋友滕文骥、詹相持、韩小磊等都争着与我握手，感谢我为杨延晋的处女作《苦恼人的笑》作出的贡献。由于杨延晋的推荐，《电影艺术》杂志约我写了题为《剪辑是镜头的剧作者》的心得体会，舆论还称"蓝为洁是南方第一剪"。

领奖会结束，汤晓丹随大队飞回上海，我则乘飞机去了重庆，因为我的新任务《巴山夜雨》在重庆拍外景。重庆是我的出生地。1946年我乘木船离开后，相隔已经34年了。能坐飞机回故乡，算得荣归故里，我特别高兴，也特别感恩新导演杨延晋给我的机遇。

《巴山夜雨》大获成功

我到重庆时是初夏，重庆比 30 多年前离开时的温度高多了。无论白天晚上，一动就满头大汗，浑身湿透，我有点不习惯。摄制组租了条大轮船靠在岸边，生活、住宿、拍戏都在轮船上。我和大家一样有自己的房间，24 小时有热水和开水供应，洗头洗澡比在家里还方便。我的妹妹和母亲住在市中心，两个弟弟离市中心远一点，但是那里也人气十足，景象繁华。所以不拍戏的时候，我就回娘家串门，晚上再回船上睡觉。

制片主任许松林与我在《苦恼人的笑》摄制组合作过，互相知根知底，十分默契。导演吴贻弓虽是第一次合作，但他有孜孜不倦自学求成的美誉，令我敬佩。有些电影"专家"未必熟知剪辑的作用，甚至以为剪辑是在制作后期把前期拍成的有效镜头连接起来而已。我不这么认为。我从许多外国影片中发现，剪辑是完成影片时最后一道体现导演构思的重要环节。组织得好会锦上添花，成为导演的创新，除导演本人外别人并不知情。我认为看不出剪辑痕迹的影片才是剪辑得最好的影片，所以我会去写那篇《剪辑是镜头的剧作者》的文章，有那么一点学术味，引起了一些人的兴趣和重视。随着文章的发表，我开始得到承认，工作机会也多一些。这无疑是很好的起步，我很高兴，也更自信。

制片许松林如实告诉我，《巴山夜雨》的导演在决定使用主创职员时原本没有我。他说导演与沈传悌比较熟，想用沈传悌。我心里起了质疑，发问："你怎么说服导演的呢？"许松林笑了，大声回答："与蓝大姐合作，得奖的机会多一些，有点奖金大家高兴。"

因此，我下决心要在《巴山夜雨》中显实力，要得到专家认可，要得奖。制片主任高兴地对我说："一定多给你奖金。"不出我与制片主任的密约，《巴山夜雨》真的得了 1981 年第一届中国电影金鸡奖最佳编剧奖、最佳女主角奖、最佳男女配角集体奖、最佳音乐奖；文化部也在 1980 年评选其为优秀影片奖。这里当然有我付出的心血和智慧。我说的变成了现实，比得了奖还高兴。

《巴山夜雨》摄制小插曲

剪辑妙招化解小失误——

重庆是有名的大火炉，在船上拍戏汗流浃背。男主角诗人秋石由李志舆饰，他穿的衣服比较厚，更是热得透不过气来。休息时他把外衣脱了凉快一会儿，再开拍时，谁也没有发现他忘了穿回外衣，因为人人都拍得头昏脑胀反应迟钝了。接着底片送回上海洗印并发通知说"好"，制片为节省租费让船离开了。等样片送到重庆，大家才发现同一场戏里李志舆有个镜头没有穿外衣，前后服饰不一样。制片和导演都为此发愁，因为再调船回渝补一个镜头花费不少。我大胆说不要补，有方法让观众看影片时发现不了。导演以为我是安慰他而已，但是我确实有妙计——我在那个画面出现的同时加了一声比较强的汽笛声，听觉强烈，视觉自然减弱，观众来不及发现画面中的问题。这是我在上海译制片厂自学剪辑时的心得之一，有机会就用上了。《巴山夜雨》受到褒奖时，专家学者看过多遍，没发现它有失误，我自得其乐。

215

录音乐时作曲异议——

《巴山夜雨》的作曲高田是陕西人，1925年出生，1938年到了革命圣地延安，后来加入了中国共产党。1943年，高田已经在西北文化艺术工作团从事音乐创作了。比起老导演吴永刚，高田年轻18岁，比导演吴贻弓又年长十几岁，有点老中青三代影人味。由于高田作曲的电影《抗美援朝》《海魂》《绿洲凯歌》都属名作，获得好评，他到《巴山夜雨》摄制组后也表现出自己是位极具个性的音乐创作人。

在录音乐的现场，他提出主题曲只录一遍，而导演的构思是两遍。两人互不相让，差点停止了工作。于是我提出先录两遍，如果将来合成时两遍确属多余再删不迟。如果现在只录一遍，将来合成片需要两遍就来不及补救了。有备无患，无备大碍。高田冷静下来同意录了两遍，最后不多不少正好，他还获得了最佳作曲奖。

分镜头剧本设计过于求精——

《巴山夜雨》分镜头剧本是导演执笔，吴永刚点头通过的。看得出来，设计过于求精，给后期精修带来局限。比如女教师的戏,用编剧叶楠自己的说法"原作不够丰满",然而演员林彬用内心活动展现人物形象还是很有分量的。分镜头剧本中导演设计的画外音镜头一般都拍了场面镜头备用,但没有拍演员的特写画面。合成过程中,我认为用演员的声画比光用声音有力度得多。这时摄制组已停机,补拍不可能。还好在同场前面曾拍过两条林彬的近景特写,我将一条没有用的特写画面让演员对口型配音用上,果然添色不少。这个临时补救办法,能起到恰如其分的效果,这也源于我和林彬曾在译制片上合作过,有改词对上口型的经验。

还有一个父女相认的镜头。我拿到画面时,就感到摄影关机太快,不够长。我多了个心眼,把那个镜头最后不能用的一格剪下来保留好。果然,在放片子时摄影发现镜头不够长,大声说:"剪辑把画面剪掉了。"我告诉他已经用到最后一格时,他仍然不服。我请他看剪下的尾片他拒不到剪辑室来。一气之下,我让制片批准重印一条,摄影看了以后才尴尬不语。其实我本来不怪摄影的,是他自尊心太强,不承认失误,逼得我也较真起来。那时许多人背后议论摄影不好,但是影片到香港放映后，香港影评"摄影好"，摄影才扬眉吐气。

演员张瑜的出彩演技——

演员张瑜将《巴山夜雨》中刘文英这个人物刻画得质朴自然。她特别有演员潜质。

《巴山夜雨》中有一个她在食堂买饭的镜头，拍了两条：

第一条是按分镜头剧本拍的，注明"好"，意思就是用这一条。

第二条是场记单上加拍的一条雷同的镜头，注明"备用"。

一般情况，剪辑拿到冲印出来的画面后总是根据场记单取舍。我有点与众不同，喜欢查看拍摄的几条有什么不同，甚至把每一条都连接起来在剪辑台上反复对比，然后我作主取舍。当然得说出取舍的原因。张瑜的这两个镜头我也照自己的工作习惯做了反复对比，结果发现第二条里张瑜的表演略有不同：她买了一碗汤端着走向餐桌的时候，边走边喝了一口汤。我认为这个动作非常有意境，可以折射出她早饿了，或者早口渴了，才忍不住喝一口。经我后来查实，这是她放松了即兴表演的生活动作，也可以说是"即兴火花，有灵气"。后面真的就用了我选的这一条。有人赞美我剪辑得好，我答不是我好，是演员有灵气。如果没有张瑜即兴喝汤的动作，再好的剪辑也变不出来。

多少年了，我对张瑜表现出的天赋仍然记忆犹新。这样的年轻新秀，又有踏实的进取心，成功是必然的。

蓝为洁剪辑《巴山夜雨》时留影　1980 年　汤晓丹 / 摄

电视剧《徐悲鸿》

　　我接到《巴山夜雨》男主角李志舆写的信，他邀请我到江苏电视台去剪辑七集电视剧《徐悲鸿》。信里说《徐悲鸿》是北京电影学院文伦导演的，我回信同意与他共同刻画徐悲鸿。

　　既然答应去了，我当然要对徐悲鸿的作品、人品有认识，对他的爱情和事业有研究。托《苦恼人的笑》编剧薛靖帮我到香港买徐悲鸿前妻蒋碧薇写的《我与徐悲鸿》，老汤又帮我买到徐悲鸿第二任妻子廖静文写的《徐悲鸿的一生》和中央美术学院教授艾中信写的《徐悲鸿研究》。我认真细读，对即将展现在荧屏上的大画家徐悲鸿有了真正的认识，有把握与摄制组的导演和演员共同塑造血肉丰满的艺术形象。七集电视剧相当于几部影片的长度，我要做到心中有数，驾驭自如。无疑，它是一部好的得奖剧目候选片，我心里非常高兴。

　　李志舆又来了第二封信，第一句话就说对不起。原来导演文伦在刚接到任务时就与北京电影学院的专职剪辑师约定了合作，并不知道李志舆邀请我的情况。我当然回信称："我正忙不过来。以后有机会再合作。"虽然体面下台阶，但我自尊心受了点伤，不过读关于徐悲鸿的几本书收获还是很大。那时期，我在上海的单本剧剪辑很多，有时好几天连着三班倒，每天最多只能睡四个小时。越忙似乎越有智慧。老汤在上海时总是烧点稀饭等我，回家用酱菜、腐乳之类喝一碗稀粥，非常舒服。中晚饭在剧组吃的都是猪油炒菜，腻味极了，需要清淡食物调剂一下。除此，老汤经常叮嘱我"耐心一点帮助人家，特别对年轻导演更要耐心"。有的年轻导演发现我仅凭剧本就能出点子帮助提高影片质量时，要求与我联合导演。老汤坚决反对，他说："你是一个很有创意的好剪辑，就是不能做导演，更不能与人联合导演。"我问他什么原因，他说："你性子太急，动不动会说人家笨。"他说得对，提醒得对。后来我纠正说"你怎么比我还笨"，免不了还是一个"笨"字结尾。

李志舆又写来第三封信："北京电影学院的剪辑师因工作时间冲突不能到南京。文伦导演提出由他再出面请你。"我发泄情绪表示忙不过来。可能答复太直了，剧组发现我有情绪，就派专人到上海接，我只好跟着他们上了火车。编剧陈晓航在家里办了满满一桌南京风味的家常菜为我接风。我本来想指责导演几句的，见他骨瘦如柴面带倦容的样子，吃饭也没有胃口，就不忍心当面刺他了。第二天开始工作，我对镜头的运用取舍非常严格，不够质量的坚决不用。这样一来，质量是很好了，长度却整整短了一集。文伦有点担心地说："短一集会不会被讥笑？"我说只要内容引人入胜，观众叫好都来不及，怎么会被人讥笑呢。戏不吸引人，观众才会讥笑。文伦仍旧心怀忐忑，我只好激他说："你们学院的老师和同学拍过的戏都很有质量，你的作品不精彩一点，我才担心会被人议论。"文伦同意说："挑刺的人是会多一些。"我说："我们自己先把刺挑干净，别人挑不出不是更好吗？"

222　　　文伦这才勉强同意全剧压缩一集。当时电视剧组的成员不是按集拿酬金，而是每人从固定总数分得点小钱，不牵涉到大家利益，所以都不反对七集缩短为六集。以后《徐悲鸿》真的获了奖，李志舆还得了一台电视机作奖品。最终我与他成了事业知音，互相尊重。文伦在后期制作中留给我的印象很深。戏里有个人物属多余的，我建议删去，文伦想了又想同意了。

那个人物是中央实验话剧院李建义演的，我们在另一个剧组相遇，他笑着找我算账。我说正因为戏里没有你，李志舆才得了奖，你应该慰劳我才对。他只好答应一定请客。

剧组还拍了一场徐悲鸿与蒋碧薇的戏。女演员冷眉根据她对人物的分析、研究、理解，对原分镜头剧本中的台词做了比较多的改动。文伦认为好，点头同意，却忽略了与李志舆沟通。开机时，李志舆与冷眉的交流受阻。结束后，李志舆大声责问："哪有这样拍戏的？"文伦自知理亏主动道歉检讨，李志舆整整生了两天闷气，看见文伦瘦弱的情形才心软原谅了他。文伦18岁参军，31岁时调入北京电影学院，勤勤恳恳任劳任怨工作，并带病参加各种活动。回到北京，大家发现他脸色苍白，逼着他去医院检查。化验结果出来后，医生发出白血病病危通知。

《徐悲鸿》应该是他的绝唱。直到今天，我和李志舆还深深地怀念着这位把心血、智慧、生命献给影视艺术的好导演文伦。文伦为江苏省电视台摄制的《徐悲鸿》成为经典剧目。

剪辑《蓝屋》

郑洞天是北京电影学院教授，没有与我合作过，却给我留下了深刻印象。这事说来还带点传奇色彩，颇有意思。

因为电视剧《徐悲鸿》的成功，上下集单本剧《蓝屋》的导演李忠信执意邀我当他的剪辑师。目的很明确，希望能得当年的飞天奖。我也希望自己剪辑的电影和电视剧都能榜上有名，当然愿意去，去付出自己的心血和智慧把作品完成得让人看了就想投赞成票。不负期盼，《蓝屋》真的得了飞天奖二等奖。郑洞天是评委之一，他对《蓝屋》的内容不但熟悉，还很偏爱。紧接着他应邀到上海戏剧学院导演班讲课，恰逢《蓝屋》导演是班上的进修学员。郑洞天想举《蓝屋》作例子，他特别欣赏剧中用四个同镜位的人物站在同一扶梯上的四个生活流程。他问李忠信："当时怎么会有这个新奇构思？"

其实那四个生活流程是四场完整的回忆。后期剪辑时，如果我简单地将四场连接起来，不但全戏长度超出，还会跑调。四场回忆戏具有雷同的画面，只是人物年龄和造型有异而已。当时我认为并用这四个镜头表现时间流程非常精炼，且有创意，就这样用了。在南京接受审查时大家都说好，我就定心回上海，后期合成由导演自己完成。第二天晚上我刚到家，就接到导演电话说有个领导要把四场完整戏按原样连回去。果真如此，就要删去别的重要戏，结构会乱套。我听了发火，对导演说："《蓝屋》是我剪辑得最好的电视剧，如果你们硬要改动，就把我在片头上的名字去掉。请你转告领导，如果我的版本播出，有可能得奖。"

不知导演是怎么汇报的，结果没有打乱我的剪辑版本，片子也真的得了飞天奖。导演李忠信受到重视，进了上海戏剧学院办的学习班。正巧郑洞天教授要导演谈构思，导演就来找我细说分明。

李忠信原想傍晚下课来我家的。他提前到我家附近的老大昌西点社想买两盒点心，一盒给我，一盒要我转女主角向梅。不巧第二天点心要涨价，李忠信一到，店里就说点心不卖了。李忠信硬在老大昌等着不离开，店员见他诚心，才告诉他晚上8点后按明天涨的价卖。李导演高兴极了，快9点钟了才提着两盒栗子蛋糕进了我家房门。

我告诉他说自己的剪辑处理是突然冒出火花想到的，如果人们觉得画龙点睛，则说明此种处理比连续四整场叙述好。我叮嘱他不要说是剪辑师后期的灵感，是导演预先设计的。郑洞天后来怎么讲的，我没有打听过，反正《蓝屋》导演非常高兴。我记忆中留下了郑洞天求真务实的学风，我很崇拜他。

《聊斋》总剪辑顾问

汤晓丹是福建人，福建电视台主动邀我去剪辑电视剧，我当然不讲条件如约前往。除了剪辑好片子外，还尽力帮助他们的剪辑技术人员提高业务水平。台长俞月亭大胆创新，领导筹拍《聊斋》系列电视剧时，就要我担当总剪辑顾问，同时还请"上影"的美工师丁辰任美术顾问。俞台长认为电视系列剧不比电视连续剧，要搞一个总片头，在每个剧目前统一加放。原定《聊斋》每个故事拍一集，后来发现有的故事必须上下集才能包容剧情，所以最初设计60集，结果是近 50 个故事拍成了 70 多集。总片头尤为重要。

总片头包括的画面都是《聊斋》中的经典，出现的人名有总出品人、总剧本统筹、总制片人、总美术师等。我参加过第一次的筹划讨论，第二次就比较具体了，我记得最清楚的是在福建省三明市组织的一次提高作品质量和总片头设计的讨论。

那次时间定得特别仓促，总制片刘大印通知我第二天中午前要从上海到福州转三明。我和他第二天清晨去机场，大印让我坐在候机室，他自己则一会儿跑售票窗口，一会儿跑楼上值班室。机票太难买，当时希望别人退票能先给我们。

大印忙了近两个小时，终于拿着两张票回来，拉着我就往停机场走去。我们从停机场东头跑到西头，两个人都气喘吁吁，才看见一架陈旧的灰色小飞机，什么标志都没有。大印说先坐上这架小飞机，到了福州再说。他连拉带拖把我弄上飞机，一股强烈的寒气扑面而来。机上驾驶员已坐好，还有一位工作人员东看看西看看，乘客只有我和大印。我感觉太冷了，要求把冷气关一下。工作人员说："这是运带鱼的货机，冷气不能关。"

"让我喝口热开水好吗？"我用有些乞求的口吻要求。

驾驶员看我难受，出声说："你先坐好，我们起飞后就会暖和点。"

小飞机比大飞机不知慢了多少，中午 12 点过后在福州机场降落下来。大印扶我赶快下飞机，在附近的小店吃了碗热汤面，才算恢复了平静。然后我们乘车到了三明市。老专家文怀沙和我们厂的演员牛犇早已到了。三明是美丽的风景城市，接待人员对我们一行的吃住安排得很好。

晚上，中国古文学专家文怀沙介绍聊斋故事的深奥含义。他说蒲松龄是大学问家，写的是妖魔鬼怪，渴望的是人间美好，是对当时社会的抨击，摄制聊斋的目的是弘扬中华古典文化的历史价值等等。反正大家听了劲道足，信心高。

讨论总片头花的时间更多。先议作词，大家一致同意由总艺术顾问苏里出面去邀请乔羽作词。大家都尊称乔羽为乔老爷子。苏里与他合作过电影《刘三姐》，对乔老爷子的人品、艺德和才华赞不绝口。他答应去试试。找乔老爷子的剧组太多，就担心他忙不过来。

俞台长也是急性子，当晚就要苏里与乔羽通电话。谁也没有料到，乔羽对《聊斋》早就心仪万分。他满口答应尽快写出，还附带表示最好由王立平作曲。俞台长真是高兴万分，忍不住大声说："我们片头上又多了两位大师的响亮名字。"那一夜，几乎所有人都狂喜得忘了疲劳，忘了工作中碰到的不顺心。尤其是我，忘了运送带鱼的飞机上的冷冻，心里热乎乎地睡了个好觉。乔老爷子真是神笔快手，第二天就把《说聊斋》的唱词写好了。大家一听，满意极了。尤其第六句"牛鬼蛇神它倒比正人君子更可爱"，简直是绝句。很快，我们出席研讨会的人都能背出全词：

你也说聊斋，

我也说聊斋，

喜怒哀乐一起那个都到心头来。

鬼也不是那鬼，

怪也不是那怪，

牛鬼蛇神它倒比正人君子更可爱。

笑中也有泪，

乐中也有哀，

几分庄严，

几分诙谐，

几分玩笑，

几分那个感慨。

此中滋味，

谁能解得开？！

这首由王立平作曲、乔羽作词、彭丽媛演唱的《说聊斋》，20多年过去了，我还能记得，足见它有多么强的生命力，多么动人心扉的魔力。

230　福建电视台的信任

有一段时间，我常常在福建电视台连续剪辑几个不同题材、由不同导演处理的电视剧。这样安排，第一减少旅途奔忙，第二省路费。我最感兴趣的除了与导演、制片接触外，还有与电视台领导直接交谈的机会。比如福建电视台的台长俞月亭与我就特别谈得来。他任福建电视台台长后，不仅善于团结全台克服困难把电视剧完成得令人满意，还自己编写剧本。我帮他完成剪辑的四集电视剧《七君子》，就是他精益求精的杰作。《七君子》政策性很强，所以去北京送审时，他特邀我与制片同行，如果需要修改，我对素材熟悉可以作主。结果，没有任何修改顺利通过，播出时宣传爱国主义的效果好极了。

我的丈夫汤晓丹1910年2月22日出生在福建省华安县的偏僻农村，用他的话说："是家乡的山好，水好，空气好，养活了自己，让自己成长成才，成为电影事业的忠实队员。"人们爱说"嫁夫随夫"，毫无疑问我是福建的儿媳妇，理应鞠躬尽瘁、呕心沥血为福建的电视台效力。当然，福建电视台也给了我极大的实力支撑，不仅有工作找我去做，给我的信任和荣誉也格外多。

我与制片同去中央电视台送审《七君子》，可能算是首例新鲜事。先前，剪辑师在摄制组并不怎么受到重视，我开了个好头，自己和同行都高兴。由此而认识了中央电视台电视剧艺术部的金敏捷主任，过程带点巧遇的感觉。最初大家有隔阂，谈意见时很严肃。

摄制组小憩时，我突然发现金敏捷穿着一双镂空白凉鞋，露出漂亮的脚型。不像我的脚，趾骨歪来斜去，穿鞋变形，路走多了就发疼。我随口评论："金主任，你的美人脚真好看。"她忍不住笑着回答："你眼光不错，我过去是跳舞的，脚受过训练。你要愿意我还可以教你几招。"无意之间，我们打消了审查与被审查的隔阂，接下去谈题材，谈制作，谈审查都很自在。

金敏捷的女婿是导演，后来找我帮助他剪辑电视剧。此外，金敏捷还推荐别的制片找我。一次，武汉电视台有个青年导演拍了十集片《漩流》，描写一位轮船公司的企业家发迹的过程，又是金敏捷推荐我去剪辑的。

第一线人员

《漩流》摄制组制片当着金敏捷的面与我敲定剪辑之事，并派场记到机场接我。但场记见了我说："我们导演不欢迎你，所以不来接你。""为什么？"我也直问。她回答更简单："找个退休老太太来，我还要把她背来背去侍候她。"

我饶有兴致地对这位可爱的姑娘说："你放心，说不定还是我背他呢！"

到了武汉电视台，我把东西放进剧组安排的房间时，发现屋子很大，设备齐全，有两张床。我对场记说："我们抓紧时间工作，白天晚上连着干。如果太晚了，你就睡在另外一张床上。"

正合场记心意，她反问："影响你休息吗？"

"太累时，躺到床上就会睡着，雷打不醒。"我说。

接着我对制片提出马上工作。

导演不放心，要自己操机，也好，先照着他拍的顺序理一遍。我边理边指出不合适的镜头先搁一下，到需要它的地方再用上，这时他才认识到我的敏感度和记忆力。晚上 12 点了，他提出明天再干，我笑着问他："还没有背来背去，就吃不消讨饶了？"

他用劲猛敲场记，嘴里还说："原来是你挑拨离间。"

这时我缓和了口气表示："你想做个好导演，就千万不要轻易否定别人。"从第一天夜里我不肯收工开始，他的态度似乎乖巧了许多，老实了许多。不过第三天他"狂"的本性又暴露出来。有位年轻姑娘来看我们剪辑，他一句礼貌话都没有说。那位姑娘不声不响地坐了几个小时走了，连我都有点不好意思，导演却悟不到自己的不礼貌。多少年以后当我再见到那位姑娘时，她出现在银幕上，形象好，戏好，已成为有名的影视明星。看介绍，当时她在武汉学戏曲，是导演发现了她的才气，让她有了今天的巨大成就。

这位青年导演，后来写了一封长信给我，感谢我把他的《漩流》剪辑成功，还得了奖。他称我以"拳拳慈母心"为他当剪辑。不过后来再没有他的信息，我担心他成了昙花一现的人物，可惜。

我经常到福建电视台去工作，与福建省驻沪办事处的陈志金主任熟悉起来。他们一有活动就通知汤晓丹和我参加。他们的条件并不太好，但每次都安排车子接送，汤晓丹感到温馨。汤晓丹借《红日》主题歌《谁不说俺家乡好》，题条幅送到活动现场，足见他对家乡的深厚情谊。有一次，福建省委书记陈光毅到上海搞慰问活动，除了谢希德、左英等一批在沪的福建名人外，也请了汤晓丹。然而，大家发言时提到我都称"汤晓丹夫人"，我心里小有不平。活动快结束了，陈光毅书记问："还有谁发言？"我立即举手站起来。在大家的掌声中我不紧张，而是心情激动。我说："刚才省委书记说我是汤晓丹夫人。其实，书记有所不知，我还是福建电视台正儿八经的工作人员。"列举了几个我参与的电视剧名后，我得意地说："我现在是福建电视台的第一线人员。"

陈光毅省委书记非常大度，笑着说自己是"官僚主义，对不起"。他让工作人员给了我双份慰问品——又香又甜的糯米糍荔枝。加上汤晓丹的一份，共三袋，我提回家，剪去枝干放在冰箱里，足足享受了近一个月的美味。那种糯米糍荔枝，别说上海市场见不到，就是在盛产地福建也难买到。这些好处，归功于与福建电视台的密切工作关系。

后来，陈光毅书记调北京民航总局（现中国民用航空局）当党委书记了。他叫秘书给了我电话，关照我有事可以直接找他。我飞来飞去确实与他领导的民航总局有关系，但是从没有打过电话或者写信找过他。飞来飞去有摄制组安排，用不着我自己找人帮忙。感到欣慰的是，我与福建电视台原台长俞月亭现在还保持着亲密联系。我常常想，有朝一日再去福州，一定要找到几个当年合作过的伙伴叙旧，重走青春路。

贵州电视台记忆

在贵阳市内的贵州电视台是我去得最多、记忆最深、奇趣最多的一个省台。尽管当时那里的条件很差，但随遇而安是我来来往往的基本态度，所以我仍然随请随到。有一次在那里碰到了我们照明车间的技师范一天，心里感觉就像回到自己厂里一样。

贵阳的天气比较怪，总是深夜大雨，天亮雨停。白天天气晴好，有蓝天白云还有阳光。从宿舍走到餐厅和工作室都不远，路干好走，空气清新。厨房烧的粥很香，很好吃。特别是凉拌折耳根，麻辣适中，是进早餐的最好特色菜，别的地方吃不着的。主食大都是白煮山芋，是我爱吃的，常常吃了饭以后还带一个回宿舍当点心吃几口玩儿。只是午饭的吃法我不习惯。工作间有我和操机的青年，加上导演和场记，实际做事的只有四个人。但是快吃午饭时，摄制组的其他人员相继来到我们机房，剧务看人到得差不多了，就通知厨房开伙。人坐满整整一桌，菜更多，桌上摆得满满的，还有酒瓶酒杯和下酒的油炸花生等。吃午饭本不花多少时间，但喝酒花的时间长，加上导演和机房的人都陪着大家喝酒，下午的工作效率必然大受影响。我很不习惯，几次向导演提出，他也有苦难言。他劝我迁就一下，说："拍戏时，经费少，伙食差。好不容易后期有点钱，大家沾剪辑专家的光吃上一顿两顿，也属通情达理。"

话说到这个份上，我只好在自己嘴上贴封条，闭口少说。

有几次在省台剪辑发现，新导演没有经验，原定长度素材不够。我在上海译制片厂工作过几年学到法子对付，即把有的镜头掐头去尾，或者头尾对接，先使之变成能用的戏，再加上恰当的配音弥补，让观众能跟着剧情发展看下去。有的加无声画面配上音乐过渡，可以做成合格长度，甚至有升华的戏。有时，我加的这些画面比专拍的戏还吸引人，摄制组皆大欢喜，我的学以致用收到了好效果。

有一次，原定四集剧目，因为摄制组集体得急性肝炎而停了工。戏拍了大半截，要完成合格的四集长

237

度不可能，当废品报销又让大家心疼。我建议四集剪成两集，做到不赔本，说不定还能得个奖呢。摄制组同意了。缩短片长后审查通过，还真的得了省里发的"优秀电视剧"奖。

在贵阳的日子，电视台台长对我格外亲切。最初，我有点不明白是什么原因，后来他告诉我，他的儿子和我的小儿子都在德国留学，他认为留学生在异国他乡拼搏，互相帮助很重要。我和他都是留学生家长，虽然在国内，也应该团结互助。他特别欣赏我对省台的贡献。我到省台剪辑的几部电视剧得到的奖杯、奖状、奖品都陈列在台长室的玻璃柜里，赏心悦目。

他举了个例子说，省台导演井立民在时间紧、任务重、资金缺的艰难条件下接受抗日题材电视剧《那年那月》的摄制时，只提出了一个条件："请'上影'蓝为洁来完成后期制作，成功的把握大。"我去了，我们"上影"的照明技师范一天也去了，剧目最后顺利完成。我的一件白色汗衫上面就是用大红字印的剧名《那年那月》。

我离开贵阳的那天，天气晴朗。送我到飞机场的人群中，除了摄制组成员，还有他们的宣传部部长。

送行的车子正好停在一家牛肉铺门口，里面挂满了新鲜的热气牛肉。我很想买几斤带回家烧罗宋汤，因为上海的牛肉都是冷冻的。可是我忍住没敢说出口，担心送行的人中会有人议论我像个倒卖牛肉的贩子，有辱剪辑专家的形象。现在回想起来真傻。

从"失误"到"创新"

浙江电影制片厂在杭州，他们既拍故事片也录制电视剧。我与他们的创作友谊说来有趣。新导演徐宏宇大学毕业分配进浙江电影制片厂，志大、年轻，特别崇拜贺龙，喜欢听贺夫人讲其丈夫英勇善战的革命故事。

239

贺夫人发现徐宏宇有才华有理想，就介绍他找人筹资，终于落实了 30 万元资金拍 6 集传记式电视剧。徐宏宇找到"上影"厂长朱永德说有钱拍电视剧，朱厂长立刻答应派最强的后期制作人员辅助完成，让徐宏宇吃了定心丸。停机后，剪辑师查看了全部素材，自愧无实力剪好，便向朱永德做了撤退请求。朱永德权大气粗批"同意撤退"。

　　徐宏宇急了，到家里来找我解救。我静心看完全部素材，认为新导演缺乏经验，拍摄贺夫人介绍贺龙过分集中，虽然贺龙的形象立起来了，但缺少贺龙的斗争对立面。经过考虑，我答应试试剪辑效果。

　　我的做法是贺龙打仗的镜头全部用足，重彩刻画他文武双全的形象。斗争对立面的戏，利用空镜头和看不出是贺龙部队的画面，用声音和简单有力的解说衬托战场气氛。结果非常别致、紧凑，战场气氛特别浓厚，仿佛火光和烟雾都腾空而起，震得人站不起立不稳，于是"失误"开始向"创新"转化。

　　徐宏宇的初次导演受到好评，剧目通过了，我也挑战成功，皆大欢喜。从那时开始，我与徐宏宇成了好朋友。

惊险《长江第一漂》

　　四川电视台的副台长奉小芬，看样子，她的年纪比我略大一点。由于长期做领导工作，她待人接物十分细致，讲话很有分寸。她知道我是四川人，产生了同乡情，用试探的口气邀我去四川电视台剪辑一部难度比较大的纪实性电视剧《长江第一漂》。她原以为我要价很高，我说："我从来没有开口提过酬金要多少。你看着办吧。工作完了，你给多少我收多少。"说完又附加了句半开玩笑的话："你一分钱不给我，我就和你交个朋友，住在你们成都，天天上班为四川台作专职电视剧剪辑。"她笑了，以一句"一言为定"作为口头约定。

　　没有过多久，奉小芬通知《长江第一漂》摄制组的导演直接打电话给我，约好去成都的日子。摄制组已经结束拍摄，导演正在看全部素材回放。我第一次见到那么大的急流险滩，演员坐在游艇上，随着波涛巨浪起伏。巨大的白浪把游艇冲得时而腾空翻旋，时而沉没水中，看不见艇，见不着漂流的人……

　　导演说拍这些镜头时，不但主角情绪紧张，连导演和摄影也都震惊得心跳过速，担心出人命。摄制的目的，是要展示真正的勇敢者的拼搏。男主角、导演和摄影分别处在不同方位的游艇上，他们的任务相同，就是记录下漂流的险状和漂流的成功。所有素材，可以说都是用生命作赌注换来的，我根本舍不得剪短。除了正剧外，我还完成了一部工作日记式的摄制纪实片。

这部电视剧完成后，受到相关部门高度重视。除了剧情真实而使剧组获奖外，四川省委第一书记还发给我最佳剪辑奖。我的剪辑工作不仅使摄制组得到了集体的荣誉，我还获得了个人荣誉。我对此记忆犹新。

奉小芬告诉我，拍摄《长江第一漂》时，摄制组天天担心重大事故发生。平安完成任务之后，大家在表扬的掌声中静下来，后怕了好长时间。我记得男主角是朱时茂，不知后来怎么没有提到他不怕牺牲的敬业精神。这里，我必须补上记录，向勇敢的朱时茂致敬，向剧组所有的合作伙伴致敬。

别出心裁剪辑《杨家将》

　　我第一次去太原，是剪辑山西电视台的《杨家将》。导演兼摄影张绍林，能干也肯干。他的摄影功夫扎实，比电影厂许多名摄影师拍的东西还闪光。看素材时，我为他的摄影技巧叹服，只觉得缺了点结构调整驾驭力。对剪辑来说，依次完成每集任务很容易。我则不然，必定要根据剧情发展让镜头交错运用，这样才有悬念，有互动，有推进。最初，张绍林不适应我的处理，他担心打乱后收不了摊。我一再安慰他，试试银幕效果。艺术是可比的，如果比原定的好，你同意，我们就这样进行；如果导演认为不行，改起来并不难。张绍林是极聪明的人，他耐心看我处理，慢慢体会到平行蒙太奇的魅力，他同意了我的处理。但是，他对自己的长镜头魅力认识不足，总认为剪短分用好，我也耐住性子慢慢说服他。

　　《杨家将》在中央电视台得奖后，张绍林带着他的山西团队到了中央电视台，发展不错。后来不知何故，团队的主力相继离开，张绍林没有再回山西电视台。

《城南旧事》里的旧事

我和吴天忍在《城南旧事》中合作，我俩的学术观点形成共识。

他执导了一场小偷被抓走后的戏，使用了长镜头：大门口，奶妈抱着弟弟，英子站在妈妈身旁，接着大全景推近成小英子大特写。我拿到素材后，认为小偷被抓走后急需表现的是英子的内心活动，不是其他几个人物在不在，所以把其余的人物剪了，只留英子一个人的镜头推近成大特写。

全组看片子时，摄影师第一个提出反对意见，指责戏接不上。我没有答复。照明张川侠是"上影"派到北京电影学院去培训过的技师，接受过一些学院派的熏陶。他说完后我没有发言。第二天，导演对我说："那场戏是副导演吴天忍执行导演的。他说你剪得太狠，会不会让观众感到其他几个人物戏接不上。"

我知道吴天忍与摄影师持相同观点，这是导演借别人口来表示他自己的担心。我只好退一步说，影片放给组外的人看，要是也有人提出意见，我立马加回。

结果无论厂里厂外看过片子的人都没有提意见，我也没有把剪下来的片子加回去，影片后面获得了第三届中国电影金鸡奖最佳导演奖。

第六届中国电视剧飞天奖评委

1986 年，中央电视台举办第六届中国电视剧飞天奖评选时，邀请我当剪辑专业代表评委。最初我拒绝了，因为我乐于做具体工作，不喜欢坐下来空谈别人的作品。后来，他们通过上海市电影局办公室主任陈朝玉来动员我。盛情难却，我改变主意，心想"去看看也好"。

到会以后，才知道并不是我想的那么简单，并不是光看作品和表态，而是台前幕后都有疑难问题需要评委独立思考。

首先全国各省、市、区电视台送的作品很多，都是各单位专人送去的。工作人员先点收，筛选后由评委抽头、中、尾查看，重点剧目可以要求细看。我记得当时看全了的只有一部宋丹丹主演的 6 集电视剧

245

《寻找回来的世界》，其他都没有完整印象，更谈不上总体记忆。都快开始投选票时，几个评委找到我，说山西电视台送来《上党战役》的片子，出发前部队首长关照"好歹要拿个奖回来"。因这部剧在第一轮就被筛掉了，所以大家提议由我提出来放影片让评委们看看，送节目的骆嘉玺更是急得要命。我只好在会上提出看片要求，还做了建议参赛的发言。结果该剧得了三等奖。此后，我与评委仲呈祥、骆嘉玺成了好朋友。骆嘉玺复员到北京负责摄制电视纪录片，而汤晓丹从影60周年纪念活动，就是由他主动带小分队拍节目，所有开支都是他自己打预算完成的。

那时的电影导演，连一张工作照都不提倡拍，指责那是突出了个人，以至今天什么工作纪念照都拿不出来。

有知情人告诉我，最初邀请的剪辑专业代表人选不是我。先被邀请者认为用半个月开会，不如加入别的剧组剪片子，名利双收。找到我，是因为许多人清楚我对钱不计较，就是人们常说的"好说话"。

那次评选结果，上海电视台副台长郑礼滨抱了两个奖还不满足，提前离开了。以后上海电视台自己创建了电视评选活动，就是发展到今天的上海电视节。这个举动是符合改革开放要求的，只要有实力办，谁都可以竞争，有竞争才有进步。我深受教益。

1

2

3

4

1　蓝为洁一生多次参加各类文艺座谈会，
　她总是积极发言，以意见尖锐中肯著称
　1992 年　汤晓丹／摄

2　蓝为洁剪辑《城南旧事》时的留影
　1983 年　汤晓丹／摄

3　蓝为洁赴澳大利亚参加沐海的音乐会
　1991 年　汤晓丹／摄

4　千禧年回忆往事
　2000 年　汤晓丹／摄

5　蓝为洁经常到电视台和广播台录制节目。
　她总是畅所欲言，很有独立见解
　1994 年　汤晓丹／摄

6　生命不息，工作不止
　1995 年　汤晓丹／摄

5

6

1

1　含饴弄孙。大儿子沐黎夫妇先后出
　　国，暂留长孙汤芸在国内，由祖母
　　带养，祖孙俩欢乐多
　　1982年　汤晓丹／摄

2　蓝为洁关心国事
　　1996年　汤晓丹／摄

3　蓝为洁退休后，为电影事业和家庭
　　编写了16种书
　　2008年　汤晓丹／摄

2

3

第五章

导演故事

他觉得

自己是世界上最幸福的电影人，

电影是他的生命。

紧张迎解放

1949 年 5 月 26 日下午，老汤提早回家了。他说厂里有通知今晚不要外出，住在楼上的人都到楼下集中。前后大铁门上锁，以防溃败的军人疯狂害人。傍晚家家户户点名，全都回家按照叮嘱将前后大铁门紧闭上锁。

我们住三楼的人提前吃好晚饭，带上饼干和水到楼下，坐在楼梯下面小空地上。整幢屋子没有灯火，没有人声。我的大儿子沐黎已经一岁半了，很乖很听话，我紧紧地把他抱在胸口，拍拍他，哄他睡觉，他真的不闹。

我因为白天太累，时不时也打打瞌睡。大约后半夜，听见远处有零星枪声，不过我家附近都是静悄悄漆黑一片。好不容易熬到天亮，才有了人声和脚步声。估计形势有了翻天覆地的变化。我们都回到各自屋里。

27 日下午，老汤接到通知，去"中制"接管的老四场开会。于伶、钟敬之、蔡贲代表军管会宣布上海解放，并且还着手接管原"中制""中电"和"上

253

实"（即上海实验电影工场）三个归旧政府直属的电影厂，将组成新上海电影制片厂等。老汤兴高采烈回家，与摄影罗及之、剪辑师邬廷芳一起研究学习毛泽东同志《在延安文艺座谈会上的讲话》的文件。楼下的麻将桌变成了大家做功课的课桌，真像小学生一样虔诚，认真读、认真记、以讲话要求衡量自己。当然除了兴奋以外，更重要的是下决心与旧我决裂，划清思想界限，重新树立文艺观、世界观，彻底改变自己，重新做人做事。

两天后，"中制"宿舍的人都接到通知，去听军管会代表讲话。会上剧作家和导演徐韬，还有张客，介绍被接管的三家电影单位，连人带器材收归国有，组成新的上海电影制片厂。于伶重点谈了从6月份开始废除旧工资制度，按新规定公布的龙头细布、粮价等单位折合现金，按每月两次发给大家。大家听后欣喜若狂，都认为真的解放了，享受供给制的待遇了。每个人的觉悟仿佛都提高了，向工农兵大众迈出了一大步。

就在6月初发薪水的日子，罗及之晚上到我家来说，老汤的薪水没有了，说他是私人机构国泰影业公司的导演。老汤很晚才回家，听了罗及之的信息懵怔了……稍后，他出门去吴永刚家问怎么回事。吴永刚对老汤一向热心肠，情同手足，他也当晚就去找了徐韬。第二天上午，徐韬以秘书长身份出面帮助老汤把留在国营厂的手续办了，还代老汤把应领的供给制新标准月薪领了，亲自送到我们家，连连自责"官僚主义，不了解情况"。老汤当然高兴得心花怒放，亲吻着儿子憨笑。自此，他开始了鞠躬尽瘁为工农兵服务的道路。

《胜利重逢》艰难摄制

1950年3月，老汤和吴永刚接到通知去北京，经过3个多月的煎熬，老汤终于接到"上影"投产8部戏中的1部。那是张骏祥根据黎阳短篇小说改编的同名电影文学剧本《两朵红花》。带着解放牌的明星标志，本子是通过了，负责总规划的蔡楚生对剧名不满意。他没有对编剧提出，而是要导演改成《春风燕子归》。老汤微笑听着没有发表任何意见。蔡楚生更得意了，他对老汤说，我帮你设计了几个镜头。他似乎认为汤晓丹一定会听他的指示照改。老汤依然微笑听着没有发表任何意见。回到上海，老汤和副导演王炎、张骏祥讨论北京的审稿意见时，才说出蔡楚生想用《春风燕子归》片名。

张骏祥一听就发火，他说，燕子是候鸟，《两朵红花》是描写国民党部队受反动统治迫害，得到解放后提高了觉悟，是阶级斗争，怎么能用燕子比喻呢？第二稿时，张骏祥主动把剧名改成《耿海林回家》。他原以为蔡楚生不会再有意见，没有料到蔡楚生多次碰到老汤时都要说片名没有改好的话。老汤仍然微笑不发表任何意见。一直到最后审查通过令发放时，蔡楚生才利用他的职权在通过令上写明以《胜利重逢》作为片名。导演只得照改。张骏祥知道后苦笑摇头，当然也露出"被迫"情绪。

《胜利重逢》通过公映后，反响不错。吴永刚告诉老汤，电影局本来打算把影片送到国外，宣传人民解放军俘虏政策的正确。有人反对说："男主角耿海林毕竟不是真正的解放军，只是一个国民党部队中的大兵，解放后经过教育才成为解放军战士的，影片不宜出国。"后来这部片子果然只被待在国内银幕上。这个细节给导演深刻教育。所以，他选择老老实实做事不说话。他这样想到、悟到，也尽心尽力做到，一辈子夹着尾巴做人，认认真真拍戏，淡化一切名利。他活到老，学到老，快乐到老，而且身后一切从简。我为有这样的好丈夫感到十分自豪。这是我人生最大的幸福和满足。

其实，《胜利重逢》摄制过程苦不堪言。

一方面，编剧修改本印出来后并不意味着可以开动摄影机了，后面的麻烦和困难多着哩，都落到摄制组肩上。比如领导新提出要加强俘虏政策对俘虏改造的戏，那就不是一言半语或者三言两语能实现的。加什么戏？加在哪里？结构如何移位？人物感情怎么交流？人物关系怎么转变？……总之，要有机地、有血有肉地展现在银幕上，概括起来一个字——难。等大家都绞尽脑汁想出点子时，外景地碰到洪水，没有路，没有交通工具，动不得，急也没有用。那是百废待兴极度困难的年代。

另一方面，当时是 8 部戏同时上，厂里要安排 8 间屋子做工作筹备室，但根本腾不出 8 个房间让每个

257

组工作用。行政处长卢怡浩出馊主意，要老汤把编剧、副导演等都拉到家里来完成任务，还要我供应中午和晚上两顿饭。我没有保姆，还拖着两个儿子，怎么忙得过来呢？我当然一口拒绝。卢怡浩是我在重庆"中制"时就认识的，他整天嬉皮笑脸，有点不务正业的样子，我心里讨厌他，也害怕见到他。他不考虑我的反对，仍然嬉皮笑脸要我答应。卢怡浩甚至说张骏祥刚与白杨办了离婚手续，心情不好，在家里吃饭最合适。他走后，老汤也帮着他做我的工作，我才勉强答应下来。好在梁山的岳母常常帮我出力，算凑合过了个把礼拜。张骏祥等修改本印出来后，回到自己导演的《翠岗红旗》摄制组。老汤和副导演也每天去参加演员活动，我的家才算安静一点。

张骏祥在我家里吃饭的几天，特别喜欢我的两个儿子。他带了照相机在后晒台上为小兄弟拍了照片，取景角度都用电影剧照手法处理的，还自己放大了送给我。我非常珍惜，常常想，如果他不在我家修改剧本和吃饭，是不会有机会为我儿子拍照的。我心情好时，还会在心里感谢卢怡浩的安排。

而今，卢怡浩、张骏祥、汤晓丹、王炎等合作伙伴相继去了西方极乐世界，只有我，已经87岁高龄的"中制"老影人还能写怀念他们的文章，甜美与酸涩参半，很不是滋味。

《胜利重逢》完成后，导演得到的荣誉是"厂、局都评他为先进"。物质奖励是一段灰卡其布，正好做套人民装；一支钢笔，一本笔记簿，还有象征性的奖金。这是汤晓丹转型为工农兵服务最有价值的起步，也是奠定他为工农兵服务的最实在的基点。他表情淡定，内心火热。

《南征北战》拍摄井然有序

成荫找到我家，与老汤商量《南征北战》拍摄事宜。

成荫将《南征北战》剧组材料交给老汤时，态度诚恳地表示："虽然我已经分过镜头，你如不满意可以改，你要重分镜头也可以。"老汤老老实实说："我仔细读过所有材料再说。"

回到家里，老汤关了房门，一个人研究原文学剧本、各级领导意见、摄制组讨论记录、分镜头剧本。

又读又写，白天晚上连续思考。最后他心里有底了，才小声对我说了句："我看可以开动机器，边拍边小修改，抓紧时间才完得成任务。"

他正式下组第一件事就是叫剧务准备两块大黑板，把摄制日程公布，让全组所有演职员人人心里像他一样沉着有数。

然后在导演组提出全剧分三大块两个摄制组同时开机，拍大场景时两组分工合作。导演组讨论决定分三大块戏：1. 我军这一大块主戏由成荫负责；2. 敌军一条线由汤晓丹负责；3. 游击队的戏由汤晓丹兼管。有了明确分工，拍摄进度井然有序。

老汤负责的两大块戏又与副导演王炎一方做了认真沟通，由王炎与演员排戏提高质量。老汤自己则抽身与摄影共同试验，掌握底片性能。比如战争场景与烟火配合等等，他都做好了准备工作，以保证开拍后的有效长度。两个导演组每天的进度都写在黑板上，大家一目了然。任何一个演职员都有全局观念，劲能往一处使。这些试验拍成资料后（包括人物造型也在其中），由成荫送到北京审核。老汤仍然默默地在幕后力挺成荫。王炎感触特别深，他对老汤说："本来应该由我这个副导演做的事，你都抢着做了。"老汤幽默风趣地表示："这说明副导演工作的重要。我们的部队提倡将军当兵，摄制组导演也应该会做副导演甚至场记工作才好。"

《南征北战》拍摄阶段，全组演职员极限付出。后期制作四条线同时并进，老汤负责三条线，交错忙碌。成荫只管补戏拍摄。最后老汤没有去北京，成荫受到赞美好评。成荫大喜，老汤也乐呵呵。总结会上老汤受到的评价是："汤导演不计名利，不顾个人过去的成就，真心与我们愉快合作。我们导演组没有人事纠纷，汤导演起了主导作用，是很好的学习榜样。汤导演工作作风踏实，平易近人，演员看见他就定心了。他不懂的不装懂，懂的也不专断，善于听取别人意见，善于团结合作。缺点是稳重有余，果断不够。有时需要导演先下令执行，不同意见保留，以后再议，如果真是导演错了，再改。"

无论优缺点，汤晓丹都认真记录，当作为人处世搞创作的箴言。老汤得到的最大奖励是到上海市电影局参加党课学习。天气很冷，他的心却像火一般热。

《渡江侦察记》摄制不易

老汤在北京送审《演员的艺术》译制片时,《南征北战》编剧之一沈默君找到他说:"新近完成的《渡江侦察记》剧本正在送审,编剧的条件就是要汤晓丹导演。"老汤听了心里当然高兴,但是沉住气表示:"等本子审查通过了再说。"老汤没有对人谈起过沈默君的话,连给我写信也不提。其实,夜长梦多,别说导演人选难预料,就是在哪个厂开拍都是未知数。当时的创作情况是僧多粥少、人浮于事。

本来他要提早回上海的,局领导留他,暂缓买火车票。他心里也有点数,估计沈默君提的要求正在研究中。北京气候开始转凉,早晚出门所穿衣服已显单薄,这时老汤才正式接到通知任《渡江侦察记》摄制组导演。沈默君认为提议得到重视,十分兴奋找到老汤说:"你能导演这部片子都是我的坚持,这个剧本花了许多功夫,别的导演我不放心。"老汤微笑听着,没有说谢谢之类的客气话。在他心里这是正常工作,即使自己不导演,别人也会导演,不含个人关系。他对沈默君提出:"希望这次离开北京后先到山东找渡江英雄原型慕思荣，请他做摄制组军事顾问。"老汤的诚意感动了这位渡江英雄，他答应 12 月初直接到熟悉的皖南外景地。

沈默君在与老汤同行途中，几乎没有停止过谈论自己对导演处理的要求，让人听来有些过于自负，说话欠思考。老汤的韧性就是能耐心听，哪怕别人几十句话里只有几句有价值的话，他都会认真思考，记住融入拍摄中。回到上海，厂里组成摄制组，制片主任江雨声，副导演葛鑫。在研究主要人物李连长人选时，导演坚持用孙道临，厂长叶以群坚决反对。经过反复磋商，叶厂长才退一步说："用孙道临可以，但要保证成功。"立下军令状后，孙道临试装试镜头，大家满意后才正式开机。

在拍摄过程中，摄制组三位核心人物互相倾轧：制片要导演赶走编剧，编剧要导演赶走副导演，副导演要导演赶走制片。

三人不停地在老汤面前互相攻击，老汤总是微笑听着不表态。整个摄制过程中老汤甘愿充当润滑剂。总算在军事顾问的全力支持下，影片完成公映，全上海 20 多家电影院同时放映《渡江侦察记》，场场满座，盛况空前。作为导演，老汤受到褒奖，被评为上海市劳动模范，担任上海市政协委员。

《怒海轻骑》聚人心

1955年春节后，陈荒煤把老汤派到长春电影制片厂（以下简称"长影"）《怒海轻骑》摄制组。据说那是海军司令萧劲光亲自抓的题材，王滨导演，有点像《南征北战》一样，摄制组一直停留在筹备阶段开动不了摄影机。派老汤去的目的，明确规定年底要出完成片。老汤二话没说，从北京直接到达长春，之后才由摄制组派人到上海取冬衣去御寒。

老汤与王滨见了面后才发现他身体不好。他心情不顺，经常借酒浇愁，摄制组的人心凝聚不到一块，怨声一片。王滨喝醉了会伤心抽泣，大家工作干劲就更差。像在《南征北战》摄制组一样，老汤要摄制组剧务找来大黑板，把每天要做的事写在黑板上公诸于众，谁的责任一看就明白。先理顺戏，立即分两组开动机器。海上的戏难度大，老汤带队拍摄；内景的戏由王滨负责。原定两条线进行，谁知难度大的海上戏还算能按计划工作，而内景戏仍然没有动起来。"长影"领导要老汤回厂，直到看见摄制组动起来再离开。

千辛万苦后，终于有了完成片送审。那时中央电影局审查片子时由苏联专家指手画脚说了算。不过对于《怒海轻骑》，苏联专家没有挑剔多谈。老汤后来告诉我，苏联专家心里明白，这是海军司令亲自抓的题材并主持创作班子写的剧本。专家说话时也会掂掂分量，非礼勿言，少惹是非。结果摄制组内部自己决定了如何修改补镜头，倒计时公映，完成了预期任务。

那年，"长影"和"上影"都评汤晓丹为先进，只是在导演排名上碰到点小麻烦。老汤主动把王滨的名字挂在前面，"长影"领导反对，最后还是老汤找陈荒煤解决的。老汤说："王滨身体不好，以后拍戏的机会不会比别人多，让他挂在前面。再说，他先下组，做的工作比较多，应该挂前面。""长影"领导这才勉强同意了。王滨知道后抱着老汤痛哭说："我一定要做你的入党介绍人。"老汤也很感激1932年他在天一影片公司时就相识的这位老朋友。老汤回上海后，陈荒煤又交给他一个摄制难度大的剧本——《沙漠里的战斗》。

《沙漠里的战斗》艰险摄制

　　《沙漠里的战斗》是部队作家王玉胡的力作。他熟悉边疆生活，描写驻疆解放军为寻找水源与大自然做顽强斗争的故事。老汤喜爱这个崭新的题材，陈荒煤和张骏祥都给予特殊好评，认为拍了这么多影片，唯独这部的主题是跳出了与人斗的框框，专写与天斗，其乐无穷。张骏祥还要求在完成影片的同时，完成一个英语版的预告本，先送海外宣传解放军的光辉形象和探险精神。

　　时间太仓促，老汤必须先完成分镜头剧本。那时制度规定，只有厂艺委会通过后才能出外景抢拍。没有想到，艺委们习惯了"以阶级斗争为纲"，对与自然环境做斗争的戏，他们不习惯看。提了近40条意见，基本否定该剧。他们要加阶级斗争的内容。厂局领导束手无策，但是总规划"年内出片"，谁也无权更改。老汤忍着性子，花了两天两夜的工夫删去有点人情味的戏，分镜头本变得干巴巴的不动人。奇怪的是，这个二稿分镜头本居然遭点头说好，顺利通过。全组啼笑皆非。

摄制组演职员迅速做好出发前的准备。此时虽然上海已经是盛夏，但是每人还是带上了冬衣，此外，自己开伙用的锅碗瓢盆一样都不能少。因为上了雪山顶，大队的吃喝都得自己解决。我为老汤准备的东西比别人都周到，连钢笔用的墨水都带走。那时还没有圆珠笔，缺了墨水不行。

《沙漠里的战斗》到新疆拍摄。他们要像登山运动员一样登上海拔5445米的博格达顶峰。中间设三个扎营点。

第一个扎营点还好，离乌鲁木齐市只有一天汽车路程，它的名字叫阜康。到了那里每个人都要骑马，由部队战士指导，适应环境的训练为期一周。谁不会骑马就上不了雪山。第二个扎营点在天池。那个地方很美。天池里有很多鱼，新疆人不吃，他们摄制组每顿烧一大锅，好吃极了。第三个扎营点在快到雪峰顶的小山腰里。那一段路，平常没有人上去，滑得很。

上山过程，要经过几处很险的断崖。后面坐骑上的人看见前面马匹腾空飞跃的景象，就像看电影画面一样，惊奇、兴奋，赞赏。等自己的坐骑临近断崖时，导演心里有点紧张，担心马失前蹄跌入万丈深渊。他夹紧马镫，拉牢马缰，准备过下腾飞的瘾。人生难得有这样的机会去享受极限运动，可遇不可求。怎么也没有料到，前面所有马匹都威风十足地跃过了断崖，唯独老汤的坐骑两脚着地时不慎猛滑到了崖顶边的石缝处，身心遭受强烈震动。后面的人齐声吆喝，马才惊魂稍定，鼓足勇气再次跃飞，履险如夷。

都到了指定的集中地点，卫禹平才松了口气，风趣地说："导演的马识人性，它懂得摄制组没有导演不行，我们《沙漠里的战斗》没有汤导演更不行。"大家用劲鼓掌，庆祝有惊无险平安到达了雪峰顶。厨师张宝华在雪峰坚冰上凿了一个坑用柴火烧饭。当然不是烧熟的，是烫熟的夹生饭。开锅时冒着热气，装进搪瓷碗就变成小冰块了，送进嘴里像吃干粮，嘎吱嘎吱好不容易才吞咽完。

在拍沙尘暴袭击的戏时，碰到的危险就更大。导演与美工、摄影原定是在无风的大沙漠上先拍演员从沙滩上滚落的镜头，然后开足大鼓风机拍摄沙滩向下飞溅的画面。后期制作时把二条加工叠印在一起，就会取得龙卷风的视觉效果。就在大家聚精会神拍摄时，突然向导大声喊："真的龙卷风来了，赶快收拾东西跟我跑！"他往沙漠边的城门洞跑去，导演也急忙命令大家快上车走。只见天边漆黑粗大的游云迅猛扑来，当他们的车子快速驶到向导站的城门洞时，那块大黑游云盖住了整片沙漠区。

晚上大家才安定下来，庆幸没有被沙尘暴淹没，并且完成了新疆最艰险的摄制任务。

《沙漠里的战斗》在上海举行了隆重的首映礼。导演汤晓丹和主演卫禹平代表摄制组出席并和观众见面。放映过程中，观众对中国人民解放军无私无畏找水源的英雄行为十分敬佩，反响强烈。发行单位还将印制精良的英文版说明书陈列在电影院的宣传栏，老汤和卫禹平见了心里暗自喜悦。

269

《钢铁世家》国庆献礼

1959 年 3 月中旬，老汤参加市委宣传部组织的国际国内形势报告时，石西民部长突然问："汤晓丹今天来了吗？"老汤不知出了什么事，只好站起来回答："到了！"石部长说："到了就好，我现在就把献礼影片文学剧本《钢铁世家》交给你。时间不多了，今年 9 月一定要完成送北京。你有信心没有？"老汤只好硬着头皮回答"有"。

下午，老汤在家里集中精力细读剧本。剧本是工人作家胡万春写的，内容描写我国钢铁工人的艰辛奋斗和喜怒哀乐的生活。基础不错，只是缺少点电影编剧写作技巧。如果投产，还要花点时间和力气提高。这个本子厂里早有人看过，均属否定意见多，建设性意见相当于零。读完剧本老汤凝思不语好几个钟头，我想他是在琢磨如何快速修改达到可拍性。厂里根据石部长大会上交代的任务，迅速组成拍摄班子。沈西林摄影、吕其明作曲、张汉臣美工、龚政明录音、蓝为洁剪辑。班子算搭好了，演员齐衡、张雁、二林下组，大家聚在一起研究剧本。胡万春也到组，听各创作部门意见。情况相当于集体修改剧本，大家理出分场提纲和分镜头本做拍摄依据。这是捷径、上策，最实际、最有力的创作道路，仅用了半个月时间就收到了集体提高剧本质量的好效果。这是电影专家们和编剧在一起，用智慧和技巧弥补了剧本结构上的不足，使剧中人物个个闪光。

至于彩色片，导演已经在《不夜城》摄制过程中积累了许多知识，摄影师沈西林也在《女篮5号》拍摄过程中摸索到不少经验，以至拍摄前的摄影试验等技术工作都完成得比较理想。在炼钢炉前拍火红的钢水时，高温烤得人几乎晕过去。好在大家都年轻，扛得住。那时能与炼钢工人一样有大瓶盐汽水咕咚咕咚喝下就心满意足了。

因为是献礼片，摄制组人员都无私奉献。湖北电影制片厂来上海学习的徐丹原是空军干部，他最大的本事就是以身示范带领大家实干苦干。在极短的时间内，极难的条件下，每天连续拍摄20个小时，三天两日不分白天黑夜接着干，终于在"一定要向建国十周年献礼"的号召下，完成了所需镜头数量和保证了每场戏的质量。进入后期制作时，时间更是前所未有的紧迫。好在北京送审很快得到了通过令，及时印制出了全国公映所需的大量拷贝。

摄制组的导演和编剧都被选为全国文教战线上的先进工作者，在1959年9月末随着上海各条战线组成的劳动模范和先进代表队伍，浩浩荡荡启程去北京出席庆典活动。

国庆前夕，新建的人民大会堂内灯火辉煌，群星璀璨，人民群众热情高涨……老汤说，那是他人生中最兴奋、最激动的一天，摄制工农兵题材过程中遭遇的水灾、地震、沙尘暴、雪峰顶的狼嚎等恐惧惊险在那一刻仿佛自动消失，涌现在心灵深处的是热血沸腾，狂欢大喜。虽然是都快50岁的人了，但仿佛是5岁孩童般有朝气活力。常言说"人逢喜事精神爽"，老汤这时的青春情怀，只有他自己心里清楚有多甜、多美、多活跃。他觉得自己是世界上最幸福的电影人，电影是他的生命。

蓝为洁剪辑《钢铁世家》时留影
1959年　汤晓丹／摄

徐丹认可汤导演

　　《钢铁世家》正式公映，献礼成功。湖北电影制片厂派到剧组学习的徐丹准备回武汉。他是军队转业进电影厂的，为人热情豪爽，与老汤合作默契。老汤把他看成前几个剧组的军事顾问，很喜欢听他谈在剧组发现的问题。他在老汤面前知无不言，言无不尽。老汤回家后，他到家里来与老汤长谈了很久，特别对影人中的浮夸作风非常反感。他认为几乎上上下下所有的人都不认真思考问题，不研究问题，而是盲目跟风。因此，他格外欣赏老汤的沉着冷静。他认为《钢铁世家》在那么短的时间内能完成，应该归功于导演实事求是处理问题的能力。有些不尽如人意的纠结，都是导演承担了责任才大事化小小事化无的。徐丹心诚语亲，老汤认为他说得很实际、很有分寸、合情合理，所以他也忠告徐丹说，电影厂、摄制组就是这样的合作小分队。建议徐丹回到电影厂后，不管做行政领导还是做导演，都不能像在战场上一样太顶真。因为在战场上面对的是敌人，是生死斗争，而摄制组是自己人，是同行，是完成一部戏的合作伙伴。小是小非放过去，装装糊涂、装装傻，让自尊心强的人或者面对事情拿不出办法的人悄悄下台阶跨过门槛，事后也就算了。徐丹深受感动。

2011年初，当徐丹从媒体报道知道老汤102岁仙逝后，第一个从广州珠江电影制片厂打电话到家里吊唁。

老汤一生只有一个职业——电影导演，合作过的伙伴有好几百人，称得上相识满天下。但是像徐丹这样同心同德的知音我看不多。正因为不多，记忆才格外深刻。

电影《红日》来之不易

大约是1960年初，时任新改制的上海市电影局副局长瞿白音满脸欣喜地对老汤说："吴强已经同意由瞿白音把小说《红日》改编成电影。上级已经批准汤晓丹导演。"这是个特大好消息，但是一向沉着稳重的老汤并没有表现出意外和惊喜，只是很有礼貌地听着。可能因为消息太突然，老汤内心还是有所震动，那天的报告，他听得不是很入神。

回到家里，他从书架上取出《红日》小说仔细通读。他想形成对《红日》所写情节、人物和场景的第一印象。他心里明白，自己的第一印象对进入创作会有推动力。那么厚的一本小说，通读一遍花了近三天时间。出乎他自己的预料，读完后产生的创作冲动前所未有的强烈。他休息了个把钟头后，又开始细读第二遍。连写带画，专业术语叫作"摘录创作提纲作总体规划"。他想，瞿白音的编剧可能还不及自己的投入，因为瞿白音没有扎实的战争生活经验，只能从小说中提取所需，想凭空编出什么精彩内容根本不可能。这样的看法只能心中有数，说出来就会变成人事纠纷，不利于作品质量的提高。《胜利重逢》就是很生动的例子。张骏祥编剧技巧高，可是他既缺国民党部队生活经验，又没有在解放军部队待过。别人提的意见他不愿采纳，自己又补不上新东西，编剧和导演在摄制过程中都很苦恼。所幸摄制组采访了好几位曾经的国民党部队高官，他们出了些点子，符合剧情发展需要，摄制组在采纳他们建议前请示了有关领导，批准后才解决了问题。

275

《红日》不一样，只有先忠实于小说构思立意，再慢慢根据形势发展来提高。因为小说和电影表现形式不同，功能的作用发挥也大有差异。

这时，直接承制拍摄的上海天马电影制片厂厂长陈鲤庭，根据上海市委意见批准《红日》成立创作小组。汤晓丹提议进入正式创作前由制片沈锡元带领编剧瞿白音、导演汤晓丹、副导演汤化达先到军委有关领导单位，聆听他们对《红日》小说搬上银幕的看法。因为瞿白音有病，还附加有经验的护士孙素娥，共五人先到北京。正如老汤担心的，文武两条战线的指示意见针锋相对。

军委的意见：《红日》一定要通过三大战役写毛泽东军事思想的胜利。

文化部和电影局的意见：战争题材影片要以写人的命运为主。《红日》搬上银幕，战争可以头尾写一点，中间要写人在战争中的喜怒哀乐等情绪变化。

这是明显的创作主导思想的区别。

瞿白音根据创作小组采访，将《红日》小说择重摘录写成第一稿《红日》电影文学剧本，署名编剧瞿白音。这样的摘录编剧大大超过了长度，所以领导审查提出不少意见，瞿白音只得写出二稿、三稿、四稿，最后写了五稿。每写一次都删掉更多小说中的人物和情节。老汤也做了五稿分镜头。

最后，"上影"在市委宣传部陈其五部长的主持下开拍了《红日》。可是文化部和电影局的领导仍然坚持，"战争题材应以人在战争中的命运为主"，可以认为不批准《红日》一到五稿的剧本和分镜头本，也就是没有拍摄通过令。作为导演，只能是小心谨慎，忐忑开拍，先出外景拍抢收稻谷的戏。

《红日》剧组要到山东孟良崮抢拍。那里本来五谷不生，老百姓吃的都是救济粮。那时灾害严重，救济粮停发，饥饿的村民把树皮草根都刨了当饭吃。摄制组靠部队拨的杂粮过日子。多吃几顿，肠胃胀气不消化，大便干燥出血，痛苦万分。酷暑拍冬天的戏，汗从里湿到外，口干舌燥没有水喝。中叔皇那么健壮的大高个子都顶不住，在烈日暴晒下拍戏晕倒了。护士叫人把他抬到阴凉处，用厚纸板为他扇风，其他的人照拍，不能耽误进程。老汤不得不叫人把头发剃光，每天用脸盆装点水，洗脸洗头擦身洗脚一次完成，省水省力。

《红日》最后在得到陈毅副总理认可后公映。影片在长达三年的摄制过程中，吃的苦让人记忆深刻，受的益也让人终生难忘。

吴强大家风范——

改编过程中，上上下下四面八方那么多意见、争议，吴强都仔细听着，没有插过嘴，提过要求。能做到这一点很不容易。他甚至悄悄安慰导演："只要你坚持主见，一定能拍好，我相信你。"

陈恺要求落水——

拍摄敌军过江中弹落水镜头，一连好几条都作废。群众演员中的部队战士陈恺看在眼里，终于忍不住走到导演身边说："我会潜水，懂你的意思。让我试试。我中弹落水后，保证头不会浮出水面。"

导演看他大高个子的健壮形象，就让他试试，果然一次成功。他就是后来鼎鼎大名的男性性功能专家。

倒背枪——

在上海拍场地外景"涟水撤退"，部队战士协助拍摄大场面。也是拍了几条，选用最好的一条。公映后，有位现役部队战士特别爱看电影《红日》，他说到底看了多少次，自己也说不清楚了。突然有一次，他发现在撤退的长长队伍里，画面中间有位战士的枪背倒了。他立即写了一封信由厂转导演。导演要我用放大镜一格一格查画面中的战士。我花了整整两个上午，才找出了那位倒背枪的人。导演特别激动，立即给那位战士写了封回信表示感谢。

蓝为洁剪辑《红日》时留影
1963 年　汤晓丹／摄

电影《水手长的故事》

《水手长的故事》描写东海前线海军舰艇水手长与敌舰作战的故事。原小说很吸引读者，上海海燕电影制片厂的领导认为把它搬上银幕也会受欢迎。大家都认为改编很容易，摄制组成立后立即着手编写，海军领导也很重视，派熟悉海军生活的干部参加改编和指导现场拍摄。然而结果却像《南征北战》《怒海轻骑》一样，全组停留在改编上，根本开动不了机器。

老汤拍戏经验多，动员全组分头做拍摄前的准备，同时由摄影师担纲先到威海外景地动起来。第一场戏是女机械员抢修机械的情节。人都到舰艇边了，才被拦阻说"女职员不能上艇"。摄制组的人马上产生抵触情绪，反问"你们没有看剧本呀？"，双方态度生硬对立。老汤冷静地对舰艇负责人说，由他出面与领导解决。最后达成协议，规定女演员活动范围，保证不乱走一步。镜头拍了，摄制组的人才松了一口气。类似这样磕磕碰碰的问题不少，结果都通过各种方式得以解决。大家认为导演修养好，使工作顺利完成。导演则认为每个人都单纯得可爱。碰到小麻烦时，首先不作自我检查，总想争谁是谁非。这种态度在严格的部队体制下有百害而无一利。抢拍外景和搭棚拍内景分组进行，对白和录音乐同时展开，一天时间完成两天任务。因为配合默契，片子按规定时限送审，几乎没有修改就通过并在全国公开放映。

男主角之一的演员赵矛，是著名艺术家赵丹的儿子，他遗传了父亲的艺术基因，在北京电影学院攻读表演专业。天赋加勤奋，现场表现极有悟性，稍加点拨就能举一反三。导演当然特别喜爱这样的年轻演员，彼此心里留下了美好的记忆。《水手长的故事》结束后，赵矛与老汤几乎没有机会接触。但是老汤生病住华东医院时，赵矛从外地回上海，总要去医院看看老汤。2012 年初老汤病重，消息传到赵矛那里，他从美国打长途电话到家找我不着，又打电话到华东医院医生办公室，一定要护士长找到我。护士长对我说："办公室里有你的美国长途电话，不过不是你儿子打的，是赵丹的儿子打来的。"我拿起听筒，他细心问病情，以后又打电话给演员崔月明，要她代办告别手续，感人至深。他还几次打电话安慰我，劝我去他美国的家散心。他告诉我，《水手长的故事》是他参与演出的第一部影片。老汤作为导演，言语不多，但画龙点睛般地点一下，他就开了窍，获益匪浅。所以他对老汤特别敬重。

我也明白，真正的友谊来源于合作伙伴在共同事业上的互助。与老汤合作过的演员以后都亲如一家，比如《怒海轻骑》中的郭艺文、《沙漠里的战斗》中的张园以及《不夜城》里的林彬等。只要有机会，他们都会对汤晓丹表达深厚的创作友谊。林彬甚至呜咽地说，在林彬名字前面一定要加上"学生"两个字。这些都让我真正体会到中华民族"敬人者，人恒敬之"的传统美德。

史诗大片《傲蕾·一兰》

《傲蕾·一兰》是史诗型大片，分上下集。摄制总计行程 4.7 万多公里，组内工作人员来自 7 个民族的 50 个单位；演员大多属第一次上银幕；耗时近 20 个月才完成。摄制组主创骨干是老字辈，如摄影罗从周、美工丁辰、化妆乐羽侯等等，大家不但自己付出全部精力，还要手把手带新人。可以说老的小的都好样的。摄影师罗从周知道自己入睡就会呼噜声起伏，他就在午休时离开宿舍，到一个没有人的地方去打盹儿，好让别人睡好。他的做法，全组人都很感动。只是住的地方太紧张，摄制组没有办法为他安排个小屋小床。好在晚上还可以凑合，因为人人都精疲力尽，倒在床上就能入睡，别说鼾声，即使巨大的电闪雷鸣也难被震醒。

摄制组四下黑龙江，气温从摄氏 30 多度降到零下 30 多度，热冷相差达七八十度。抢拍外景时的飞虫、牛虻、跳蚤、说不出的吸人血怪虫……扰得人心烦意乱。制片部门想出妙招，给每人发块大黑纱布。开机前所有准备工作时间都披着，活像一群黑色怪物在树林里穿来穿去。

283

但是导演不能披大黑纱布，他必须眼耳都露在外面，才能比较敏感地视察周围，感受气氛。因此老汤遭罪多，甚至几只虫都盯上他。待他发现用手拍一巴掌，脸上手上全是红色，都是他自己的血。不一会儿脸像发酵的馒头，高高低低都是大小红包，奇痒难熬。有一种蜱虫，它叮人时不能打。如果不当心打它，不但打不死，它反而钻进皮肤深层，毒性在里，要医生用小刀把虫挖出。

大量的道具、服装和饰物都是导演一幅一幅画出来供各部门参考。制作和陈设过程老汤都要亲自过目，实在是出不得差错，错了没法改，即使能改动，浪费钱不说，主要是没有时间。所以《傲蕾·一兰》完成拍摄后导演非常感谢所有工作人员。他说："大家工作量都那么大，现场没有出差错，确实很难得。"

蓝为洁剪辑《傲蕾·一兰》时留影
1979年 汤晓丹／摄

电影《廖仲恺》风波不断

《望断天涯路》筹备过程中，夏衍突然出面找到"上影"徐桑楚，要求暂停拍摄此影片，先到广州珠江电影制片厂（以下简称"珠影"）拍摄历史故事片《廖仲恺》。上海市电影局、"珠影"、"上影"三方达成共识：完成《廖仲恺》后立马回"上影"拍《望断天涯路》。相当于汤晓丹这个摄制组一下接了两部影片的任务，大家高兴万分，从北京直转广州。

广州的七月，走出机舱，烈日暴晒，虽然大家不习惯那么刺皮肤的热浪袭击，但是仍然咬紧牙根投入《廖仲恺》的制作。不仅倒计时出片，并且确定一个月后就要开机拍摄。因为鲁彦周的文学剧本还是手抄本，连打印的时间都没有。上面注满了夏衍、陈荒煤等人的批示意见。好在老汤经验多，沉住气带着几位主创骨干踏踏实实仔仔细细地做好开机前的各项准备。

几个人都住在"珠影"宿舍。没有空调，电风扇把大家吹得头昏脑胀还不解热。男士们都赤膊工作，浑身湿透，根本不知道是急出来的汗水还是热出来的汗水。幸好这时我家两个儿子都去了欧洲，我也没有什么牵挂，一心扑在工作上，既帮助老汤做些杂务事，自己也提早进入工作。

老汤可能因为太累，有一次在行车途中歪着头打了个盹儿，结果不慎颅内受伤——突然出现复视，张开双眼，全是网状，模糊一片。摄制组的人都很震惊。广州医院查不出毛病，上海也查不出病源，只好回到摄制组现场，用布蒙着眼睛，靠听觉指挥工作，当然最心疼最着急的是我。一天，我在路上与一位从上海来的医生彭娃菱相遇，我对她说了老汤的眼病。她让我带老汤到她实习的部队医院去检查。约好时间，我们真的去了。一位50岁左右的女医生，个子不高，体态瘦而精干，她听完我代说的病情后，开了X光拍片。

我等着取了片子给医生看后，她就让老汤睡在急诊室的小床上。女医生很温柔地为他按摩颈部问他哪里痛，突然她用力猛拽老汤的头，我"哇"地大叫一声，担心头拽断了怎么办。老汤没有声音，也没有动作。女医生仍然继续温柔地按摩他的颈部，她批评我的大嚷大叫，说病人都听话没有叫。我不敢再出声。

大约一刻钟，她对老汤说："你慢慢张开眼睛，看看还有黑网挡住吗？"

老汤真的照医生说的做了。他带着笑意说，没有黑影了，看得清楚了……我急忙问："几个蓝为洁？""一个，就是一个蓝为洁！"

医生又叫老汤闭上眼睛休息了半个钟头，我们才离开。

临走时医生说，你打盹儿时没有注意姿势，颈脊错位，压迫了视觉神经才出现的复视。回去以后，一定要多休息，眼睛不能疲劳过度。睡觉注意正确姿势，不能再犯，次数多了难纠正颈脊关节复原位。

《廖仲恺》摄制过程中碰到的麻烦太多。老汤持忍气吞声、忍辱求成的态度。做到这两个忍极不容易。

本来《廖仲恺》是"珠影"陶金导演的，摄制组班子齐全。夏衍突然要调汤晓丹去"珠影"，还特许《望断天涯路》的摄制组全体成员可以去"珠影"。这样一来，《廖仲恺》组由陶金换成汤晓丹。其他两个组成员统统划到摄制组。这样造成三个人在前台做事，六个人在后台叽叽喳喳的局面，工作效率极低。加上"上影"的个别人想趁《廖仲恺》结束留在"珠影"，也无事生非。老汤为了顾全大局都故作不知。

与此同时，男主角有病需要其夫人陪同。在去日本拍外景前夕，那位夫人提出也要陪去日本。"珠影"厂长因名额限制坚决不同意，她闹得不可开交。好不容易戏拍到一半，"珠影"厂长突然从上海调去负责《西安事变》影片，希望导演换下男主角，准备任命《西安事变》的演员重新开拍《廖仲恺》。导演坚决不答应，因为这样折腾，原定计划就完成不了了，"珠影"厂长才在尊重导演的前提下继续拍下去。不过，戏一结束，男主角回到北京就上吊自杀了。老汤出了身冷汗，如果事情发生在摄制组就麻烦了。《廖仲恺》获文化部颁发的优秀影片二等奖，导演拿到了中国电影金鸡奖最佳导演奖。著名美籍华裔艺术家卢燕女士看了影片，想推荐它参加奥斯卡评比。"珠影"厂长认为即使得了大奖，主创人员全是"上影"去的，"珠影"不过出钱出力而已，他们不肯办参赛手续，卢燕也没有办法。"珠影"厂长不久因故免职，一部好影片就在他的狭隘观点阻碍下失去了在世界影坛上闪光的机会。

老汤带着随同去"珠影"的职工回到上海时，"上影"领导绝口不提曾经承诺的"只要回厂就上《望断天涯路》剧目"的话。这样失信于民,老汤还是第一次碰到。他没有追问原因,也没有流露出丝毫怨言。倒是摄影师沈西林耿耿于怀,他认为失去了一次展现摄影功力的大好机会。

剪辑《廖仲恺》时,蓝为洁(左一)在摄制组会议上发言 1983年 汤晓丹/摄

众口褒奖《南昌起义》

　　《南昌起义》在国内放映很轰动，记得首轮放映观众就差不多有六千万。其实这部影片也是倒计时出片的。上级要求不但要保证高质量，还要在规定的时间上映。老汤不叹苦不露愁，团结摄影、美工和全组演职员闷声干。片子硬是赶在预定上映时间在电影院、单位礼堂和部队放映室与观众见面了。众口一致褒奖《南昌起义》，部队和历史教学单位把影片列为教材反复放、反复议，对照真实历史进程细评。老实说，经得起专家、学者乃至参与建军过程的当事老人一起热议的影片，在"上影"出品的电影中为数不多，以至厂里和摄制组演职员都格外自豪，引以为荣。"上影"成立时就在此一直工作的老制片人徐桑楚尤其激动，他在影评家石川为他编写的口述自传《踏遍青山人未老》中专门介绍《南昌起义》说：

　　对这么大的历史题材，这么复杂的剧情结构，这么多的历史人物形象，导演汤晓丹驾驭起来显得从容不迫，游刃有余，表现出一个艺术大师的高超技巧和丰富的创作经验。所以《南昌起义》影片完成后达到了很高的艺术水平。

送审过程中，一路绿灯，没有遇到任何障碍。过了一段时间，我去北京看到夏衍同志，他对我说，《南昌起义》在苏联放映了，他们全体政治局委员都看了，认为影片对共产国际的表现是符合历史真实的。听了夏公的话，我心里的石头才算完全落了地。此前我多少还有些担心，怕影片在表现历史真实上出问题。苏共中央的这个态度，算是给我吃了一颗大大的定心丸。

《南昌起义》摄制组在九江拍外景时，我送片子时去过一次。导演白天抢拍镜头忙，晚上还要认真总结工作上的不足，计划第二天抓质量补上。我翻了一下他的工作计划，全剧分四大段，每段四小节。

第一大段——血雨腥风话武汉

第一小节：通过摄影机运动，形成快节奏，多角度视觉变化，在惊叫的火车汽笛声中展示士兵的不满情绪，寓示动荡时局中要求变革的人心在涌动。

第二小节：展示三组人物心情的起伏波动。首先表现的是贺龙的激动情绪；其次是艺术形象黑姑和双喜为不能报家仇的内心痛苦；最后是周恩来与贺龙的长谈，人物情绪舒展、高昂。

第三小节：乌云密布。何键的军队要向工人纠察队开战。

第四小节：大屠杀。汪精卫公开叛变。

第二大段——九江岸边浪头急

第一小节：借庐山舞会，汪精卫策划夺叶挺和贺龙的兵权。

第二小节：黑姑看见反动军队欺压渔民，为渔民打抱不平。

第三小节：黑姑巧遇周恩来被特务盯上，空气紧张。

第四小节：周恩来沉着对付，智胜特务。

全剧紧张氛围推向高潮。

第三大段——暖流涌进南昌城

第一小节：雄壮的北伐军乐声中贺龙的铁军开进南昌城。与之相反的是朱培德和王均的低沉旧政府军。

第二小节：周恩来与朱德回忆巴黎公社。

第三小节：特务跟踪行刺周恩来。贺龙下令清除特务刁铁民。

第四小节：贺龙申请加入中国共产党。

第四大段——鲜血换来红旗飘

第一小节：周恩来下令起义开始。

第二小节：枪击奸细。

第三小节：红旗飘扬。贺龙和黑姑都因丧失亲人而悲泣。

第四小节：托孤。周恩来将小孤女托付给吴牧师。

全剧在昂扬的颂歌中结束。

以上导演构思，仅仅是百忙中理顺的提示，要各业务部门注意全剧节奏的起伏。全剧一定要转换流畅自然，不露人工雕凿痕迹。掌握全局纪实性风格，随时注意新颜还旧貌，牢牢掌握全局发生在起义之前，而不是起义后过了几十年的今天市容里。

总美术师韩尚义在《南昌起义》美术设计和创作中力挺导演，达到"新颜还旧貌"的要求。他与摄影师沈西林私交甚密，两人密切配合完成任务。而今，韩尚义去世，编剧李洪辛也不在人间了，唯有作品《南昌起义》经常出现在东方电影频道上，让观众"温故知新"。今天的幸福来之不易，很不易。

重返沂蒙山区

山东临沂地区举办革命历史题材电影展。邀请汤晓丹、张瑞芳、铁牛、舒适、吴强和马林发出席。首映式除了地委发言外，还放映了"上影"的《南征北战》和《红日》。接着组织讨论会，个个有准备，人人抢话筒，会场气氛十分热烈。老汤心里清楚，大家看的两部影片，都是他们当年亲身参加拍摄的，他们有权利自豪，有激情为影片的质量叫好。老汤自己也激动得说不出话来，只是用劲鼓掌。

第二天，他们登上孟良崮新建的烈士陵园。当年拍《红日》要一步一步吃力地爬上山，现在是公路，汽车轻轻松松就到了陵园。陵园建在半山腰，山顶矗立着由三把巨大的石雕刺刀组成的纪念碑，庄严肃穆，昭示烈士精神与日月共存。盘山公路修得很好，车子可以平稳开到顶峰。纪念碑的台阶下大岩石中有一个天然洞，就是当年国民党王牌军七十四师师长张灵甫的司令部。老汤放慢脚步，想走进石洞仔细看看。拍戏时是灾害最严重时期，军事顾问和广大的解放军战士忍着饥饿，冒着酷暑，一直与摄制组心连心把戏拍好。没有他们的实干和鼎力相助，完成拍摄是空谈。老汤在山洞口停了好一会儿，才转身跟着人群下山。

虽然离开山洞越来越远了，但是张灵甫的形象却越来越清楚，因为拍摄过程中，吴强、瞿白音、汤晓丹就议论过"为什么有的人被活捉，张灵甫被打死"。吴强的解释很简单：战斗激烈快速，冲上山的战士根本不知道山洞里藏些什么人，冲进洞口大喊几声"缴枪不杀"，因为没有反应，所以战士的警惕性就特别高，稍有动静就快速开枪。后来打扫战场时，才发现张灵甫被打死了。追查来追查去没有人承认自己开过枪，也没有人发现谁放过枪，最后还是吴强叫人把张灵甫从洞里抬出去的。

导演在片中的处理还是比较明智，用照片和玻璃落地声结束。

汤晓丹艺术研讨会

《电影艺术》杂志有位年轻力壮的编辑陈同艺，精神抖擞来到我家，说想为汤晓丹举办艺术研讨会，总结他从影 60 年的艺术业绩。陈同艺的目的，是希望我在自己的合作关系中为此举找到赞助。老汤一听就摇头反对，认为自己已经退下来了，拍戏的机会都没有了，谈艺术业绩是多余的。再说没有钱，就不应该搞什么纪念活动。现在各单位都不富裕，谁肯拿钱做无效劳动，自讨没趣？

陈同艺有备而来，信心特别足，一个劲儿盯住我不放。我忍不住了说："如果搞研讨会，要出一本有价值的纪实书，不要搞钱吃吃喝喝热闹了事。"老汤见话锋有点转机，也说："小范围，十来个人坐下来看看影片，要对军事题材有感情的人才通知。研讨的全过程，可以拍几个短镜头作纪念。"

陈同艺兴趣增加，说可以有个简单的开幕式和务实的闭幕式。这时我才大胆建议，可以到汤晓丹的家乡福建去开，试试他们有没有可能出面资助闭幕式。三个人由倡议、反对到试试，最后总算意见统一。

但是它并不具体，甚至想到福建走一趟的路费都没有着落，不过我们心里还是乐呵呵的。

几天后，陈同艺满脸笑意来说，他已与作家艺术家企业联谊会的负责人应国靖商定，由他们派张顺德与我们同去漳州市，三人来回路费先由张顺德代付，目的是商讨在漳州举办闭幕式，活动经费由他们负责的可能性。

1989年6月20日，我们先从上海乘飞机到厦门，在机场附近火车站买票，下午一点刚过就到了漳州市政府。办公室的人都午休回家了，我们在外坐了一个多小时，宣传部的吴部长得知我们是从上海来的，派人把我们接到他的办公室。陈同艺和张顺德向吴部长汇报了此行目的。吴部长很高兴，当时就口头同意接待参加活动的人。

他还请我们吃了正式晚餐。陪同我们晚宴的有主管文教的易副市长和文联秘书长。席间吴部长谈笑自如，非常风趣。这时我才晓得他是诗人，很有才气，属少壮派实权人物。饭后，主动热情地安排我们三人住进漳州宾馆。

第二天上午，陈同艺和张顺德汇报了汤晓丹艺术研讨会闭幕式的计划：

一、举办电影回顾展，展前与观众见面；

二、座谈、发言、出书；

三、活动过程中拍一部电视纪录片；

四、与当地部队座谈联欢，并与当地企业家交流研讨。

吴部长认为计划切实可行，只是来参加的影人中最好有孙道临和秦怡等观众喜爱的明星，陈同艺表示完全照办。我们高高兴兴地告辞返回上海，由陈同艺和张顺德抓紧操办开幕式。关于电视纪录片，陈同艺和张顺德要我找人拍摄，还说经费也要拍的人自己开支，令人为难。左思右想，我打电话到北京找总政电视剧组的骆嘉玺。他真讲情义，立即爽快答应到上海跟踪拍摄开幕活动。

汤晓丹艺术研讨会开幕式

1989 年 10 月 16 日晚上 7 时，汤晓丹艺术研讨会在上海云峰剧院开幕，上海文化发展基金会和华夏影业公司的负责人都出席了。陈同艺可能是第一次主持这样规模的会议，谨小慎微。单单台上坐的几位大人物就让他伤透脑筋，草稿上的排名，写上了又划除，划除了又补上，好几次。我问何故，他老实巴交地回答：理应坐在正中间的那位，一会儿说在外地回不来，所以划去；一会儿又说能赶回来，只好又补上。结果这位中心人物西装笔挺地到了，但仅坐了几分钟就离开去参加别的宴会了，中间的主座位仍然空着。

张瑞芳还是比较坦诚的。她在中午打电话给老汤说，本来要参加研讨会的，因为台湾导演白景瑞晚上七点在静安宾馆设宴，时间冲突就不参加研讨会了。我茅塞顿开，望着台上的空位子想起了许多影人队伍里的人际关系，开始聪明起来。有所悟，就有所思，也有所明。

299

当晚最令人感动的是遇到一位上海大学的在校生，他捧了大篮鲜花站在云峰剧院会议厅外，由于没有认识的人而进不去。我过去问他，他说两个小时前就到了。我特别感动，找到应国靖收下花篮，请他入座。当时我特忙，没有让他留下姓名、地址或者电话。

开幕式上的发言持续了三刻钟，接着就放映宽银幕影片《红日》。这部影片很多人并没有看过。他们很热情，不少人看完后感觉很受益。放映过程中没有早退者或迟到者。我坐在后排靠门口的位子，目的是观察观众进出场时的情绪。我特别有收获，特别欣慰，特别自豪。曾为《红日》付出的所有艰辛，此时在心里变成了一个简单的字——值！

17 日休息一天，18 日至 20 日三天讨论。与会者甚多，有的写了稿子读，有的即兴插话，大家抢着发言，没有停顿和冷场。一个挨着一个，他们把亲身投入、亲眼见证的幕前幕后，以大调小曲乃至花絮打油诗的形式，说出来，唱出来。互相调侃取乐的也有。这些会后都由专人整理成文，发表在电影新作上与社会大众共享。

上海安字异型铆钉集团和上海市机电设计研究院两家，为开幕式的几天活动筹集了资金，供应美味餐饮。没有他们的热心资助，活动是开展不起来的，借此再次表示我衷心的谢意。活动短短几天，记忆长久留存。

漳州行

上海开幕式结束后，我们就忙碌筹备赴漳州前的各项事务。

领队由应国靖、张顺德、陈同艺三人负责，人员总数是早定妥的 22 个名额。其中有漳州市提名的人，有"上影"演员剧团派定的人，有展映影片中的主角，还有照相录像小分队等。出发前，大事小事都由三位领队负责。

我除了管好老汤，其他事都没有过问。大家走出厦门机场安全通道后，首先领受了漂亮的礼仪小姐的列队欢迎。到漳州市委吃完午饭，吴部长就来看我们，特别表示欢迎孙道临、秦怡和徐桑楚等到漳州参加活动。

第二天，漳州市委宣传部、市文联、市师范学院以及市电影发行公司联合举行电影回顾展，放映《红日》《渡江侦察记》《南征北战》《不夜城》四部影片。

放映前，我们同去的 22 位影人到各家电影院与观众见面，第一天奔走七家影院。每到一处，离影院很远，路旁两边就站满了热情的观众，掌声雷动，鞭炮震耳。里三层外三层，我们的大面包车被人群围得严严实实，司机无法开动，几处都迟到了。车子好不容易挪到电影院门外，车门被挤得推不开，车上的人下不来，走不进放映厅，这一过程花了不少时间。

放映厅内灯火辉煌，座位上、墙角边、过道里人挤人。老汤说从来没有看见过电影院里汇集着那么多人看他导演的影片。我们22个人的位子有专人看守，没有被观众占座。礼仪小姐先把我们领上台与观众见面，导演简单说了几句感谢乡亲支持的话。台下的观众一起高喊，要看节目表演。盛情难却，秦怡、孙道临、严晓频、薛国平不得不唱歌或朗诵。漳州市的领队急忙对观众宣布，还有几处放映点必须赶去，硬是关了灯开始放电影。我们这才从后台脱身又上了车，上车时仍是从人群中挤过去的。

一天挤进挤出七处放映点，真是一生难得的快乐经历，我们每个人都满身大汗。回到漳州宾馆，市委书记、市长、市委秘书长等当地最高领导都在那里，与大家亲切交谈。他们的话，一字一句都铭刻在汤晓丹心窝里。

夜很深了，老汤在笔记本上写下"少小离家八十回"作为日记的开头语。他说，六十一年前离开漳州时，它还是一个贫困的小县城，而今的漳州市发生了翻天覆地的变化。

我们参观了一家中外合资企业，其产品拉舍尔毛毯专销国外，生产车间装备着全自动化流水线。原料进入不同的机器，最后一条条闪光漂亮的毛毯展现在我们眼前。我买了一条，孙道临买了两条。他说一条自己用，一条送女儿。我的那条后来让小儿子带到国外去了，许多外国朋友见了喜欢，要托我代买。我只好把生产拉舍尔毛毯的公司地址和电话告诉他们，让他们自己去联系，也算为汤晓丹家乡的发展做了点力所能及的宣传。

在漳州市我们还参观了有名的制药厂。厂长介绍生产的片仔癀海内外销路旺盛，工人们加班加点来不及供应，厂里正在准备扩大生产线。这时，我才知道自己常用的片仔癀是汤晓丹家乡生产的，引以为豪。厂长送了每人几支，我带回上海分送给亲朋好友了。

漳州地区的"天宝十里香蕉园"规模甚大。人走在蕉林中显得格外矮小。林中有座小楼房，不吃力就能登上它的楼顶。我们发现此处视野开阔，方圆是一望无际的蕉林，空中飘溢着淡淡的蕉香。那里的香蕉个不大，皮薄、肉糯、香甜。我连吃四只，饱而不胀，胃很舒服。

蕉园领导说，漳州的香蕉这么多、这么好，却销不远，原因是包装运输和经销管理不够科学。台湾种的也是漳州移去的良种，他们的生意就做得大、做得好。

我们在上海从来没有吃到过这么好的香蕉，原因也是运销失当，它们没到上海就开始发黑，外形变样，难以卖出。

蕉园外有条又长又宽的公路，两侧排着木门面铺子，都是由小老板个体营销的。家家门前人来人往，进进出出，显得生意兴隆。

我们在漳州白天参观，晚上参加市里组织的各项活动：聚餐、联欢、宣传、文化交流（譬如写条幅、签名、题词、拍照等），从早到晚忙个不停。汗出得多，不用热水洗个澡，全身尘腻，无法合眼。第二天早上要动身去华安县，汗湿透的内衣只好装在大塑料袋里，带到华安再洗。我让老汤先上床休息，自己还要清查抽屉衣柜。如果东西忘了带走，回来找费时费神，还不一定找得着……

华安，真正的故乡

10月29日清晨，刚吃过早餐，华安县副县长王碧霞就带着车队到了漳州宾馆。大家早把行李扛到宾馆门口，由接待人员搬上车，并关照大家记牢件数。我们与漳州市领导一一握手表示感谢后就上了车。

在老汤的记忆中，华安是座小城，小油灯、小杂货店、小路、小院……现在，路变得又宽又长，从车窗眺望显得陌生，然而有吸引力。迎面而来的是大汽车、大房子，大电影院，外形都很大气。

到达的第二天上午放映了《渡江侦察记》和《不夜城》。县民从四面八方赶到，电影院外人山人海排成长蛇队伍，还放鞭炮。电影院里所有位子都挤满了人，有的两个位子中间加挤一个人。从台上望去，密密麻麻全是人头笑脸，这是在上海电影院里很难见到的场景。观众鼓掌吆喝要看台上的明星们表演节目。

唱歌时有的人动嘴不发声，因为不善唱，怕发声添乱，影响气氛。

王碧霞副县长带领我们坐上汽车去汤晓丹的出生地——仙都镇。那是在植茶山坡上的一幢老房子，年久失修，有的墙倒，有的门坏，有的窗没了。家乡人说那块风水宝地像把大提琴，祠堂的风水师爷早就说"会出贵人"——果然出了汤晓丹。家乡人引以为荣，还在1929年汤晓丹离开时的九龙江小渡口立了块石牌，其上段是关于新中国成立后回乡的福建省委书记项南的介绍，下段记载着此地是汤晓丹从艺生涯的出发点。

从县城到乡村有一段路。车子刚进山村就看见颈系红领巾的男女少先队员，列队欢迎爷爷辈的汤晓丹归来。我注意到老汤的心情变化，他看见身着花布衫的小女孩和穿白衬衣的小男孩时，不停地擦眼泪，一定是他回忆起了自己的贫困童年。

大家走进镇办公室，有好几位与老汤同龄的老农早等在屋里，据他们自己介绍都是与老汤同班过的小学同学。他们长年生活在农村，空气新鲜，显得精干利索，不像老汤含胸凸肚、身体虚胖的样子。

华安是汤晓丹艺术研讨会的闭幕式举行地。在当地驻军部队，我们观看了战士们的武术表演，飞檐走壁，神奇万分。最后与战士们聚餐、联欢。

借回上海在厦门转机之便，我们去访问了陈嘉庚办的学校。老汤说，比起他在那里读书时的环境天差地别。本想找旧档案看看，负责人说几经战火，早化为灰烬了。我们只得在后来建的陈嘉庚像前拍照留念，不枉路过一趟。

漳州是水仙花的著名产地，我们每个人都背着家乡人送的两箱水仙花头踏上归程。我和老汤共有四箱，很重搬不动。幸好送我们的漳州市政协副主席张国举、市政府秘书长周力文、华安县委宣传部部长陈统，以及文化局、电影发行公司的负责人等，出面动员人力帮大家搬行李。回到上海，水仙花头就是宝贝了，分送亲友邻居时他们会嫌太少。

王碧霞副县长送了我一件小纪念品——一把厨用剪。我很喜欢它的多功能，回到上海就将它放在厨房。20多年了，我一直用它而不用切菜刀。尤其一个人独居，它比刀实用方便。每天看到这把剪子，每天用它，就每天想起汤晓丹的艺术研讨会在华安家乡的闭幕式。记忆长留，情谊温馨。

我家每年都收到家乡的水仙花和芦柑，是驻沪办事处的陈志金主任送来的。春节期间，满屋水仙清香。起先水仙头需要自己想办法到花店找人开，我嫌太贵，自己用手剥，花苗没受伤，开得不错。现在好了，送到家的花都由当地专家动刀开好了，造型各异。我将它一庄（一个水仙头为一庄）一个塑料盆装好放在窗台上。有好朋友来时，顺便带一盆走。自己家里留一点，有点香味就够了。

1

1 沐黎陪母亲到汤晓丹故乡采风，华安县宣传部部长江天福
  （右一）率队到机场迎接
  2006 年　汤沐黎 / 供图

2 沐黎陪母亲去福建华安老家拍摄纪录片《导演汤晓丹》，
  背倚汤氏祠堂
  2006 年　汤沐黎 / 供图

2

第六章

老友往事

人贵真情，以心换心来交友。

史东山导演

20 世纪 40 年代，我最初进"中制"时，编导委员会办公室里除了汤晓丹导演，还有史东山导演。课长说，他的戏多，必须经常到厂里处理工作。不过汤晓丹和史东山两人性格完全不同。通常汤导演在办公室里一声不响专心打字。史导演却喜欢发脾气，站在办公室外的楼道里大声骂："满厂官僚，满厂腐败。"每逢他发脾气时，办公楼里所有人都关紧房门不外出走动。我们的课长却忍不住叫我出去看看"有什么事要办"。果然东老见了我立即压住气说："来来来，小四川，帮我做件小事……"那真叫小事，比如帮忙将一封信投进厂门口的邮箱呀，要点零碎物品呀，等等。有一次，东老又大骂，仍然是两句老话："满厂官僚，满厂腐败。"我才悟到，他是不满现实，不满社会，借小题发大气。我也不害怕他会迁怒于我，不要课长关照，我自己走近史东山导演。他办公桌上用的台铃不响了，要我找人帮他修好，以便他要人时摁摁铃，人就会到他面前听他吩咐。

我拿回台铃，翻过底座，发现是有人恶作剧，在

313

底座塞满了糨糊，导致台铃摁不出声，东老这才发火的。我用抹布仔细将底座擦干净，把铃放回他的办公桌。以后他轻轻一摁，"叮叮咚咚"的声音就响起，他翘着小胡子高兴地笑了，四十多岁的大导演让我感到格外可亲可敬。

他一直叫我"小四川"，我心里有点不高兴。因为当时"中制"厂里的四川人，一般都是清洁工、厨子等低薪工人，被人看不起。这一大群人不能与少数几位（如厂长郑用之、副厂长罗静予等）同受人尊敬。有一次我鼓足勇气对东老说，以后叫我名字好了，不要叫"小四川"。东老当场开导我说："'小四川'有什么不好，没有四川，我们抗战还没有落足点呢！"我受到教育，也有所感悟，学会必须从大处着眼看问题。

东老不是我们技术课的编制，可是他到我这里来领的文化用品次数最多，量也最多。本来，我担心别人会提意见，请示了课长后才敢发给他和郑君里、贺孟斧几位导演的。实际上，我们课里的技师们都是不善舞文弄墨的专家，与其让他们每月领了东西把橱柜里堆得满满的，不如让几位需要的导演领走，物尽其用，大家都开心。我也省得经常颠来倒去整理橱柜，反而轻松许多。

导演孙瑜

我第一次晓得孙瑜的大名是看见"中制"布告栏上的大红纸上写着的"欢送孙瑜赴美访问"，同时还有演员黎莉莉和录音师郑伯璋。布告栏前总站着读者边看边议论，大家露出羡慕的神情。这些信息对于我这样一个刚出学校门有月薪收入的青年人，更是具有磁铁般的吸引力，我居然在内心深处妄想有朝一日也有漂洋过海出国深造的机会。

那段日子，我们办公室里来往的职工特别多，都喜欢围绕在副厂长王瑞麟身边以出国的孙瑜为话题问长问短。最初，我听不出大家为什么盯着王厂长发问，后来才慢慢清楚，王厂长是孙瑜导演影片里比较早就合作过的"老人"。王厂长说，孙瑜是真正有学问的人，早年毕业于清华大学文学系，之后去了美国，专攻电影编剧和电影摄影两门学科。在威斯康星大学毕业时才 27 岁，毕业后立即回到上海参加影片摄制。孙瑜在长城画片公司编导了《潇湘泪》（后改名《渔叉怪侠》），接着在民新影片公司编导了《风流剑客》，受到舆论好评。紧接着孙瑜又为联华影业公司编导。王厂长就是孙瑜导演的《故都春梦》中的男主角。女主角有林楚楚和阮玲玉。王瑞麟的一生，就主演了这么一部《故都春梦》，却成了长留影史的经典名片。所以，他总是得意地表示："你们别小看我只有一部影片，物以稀为贵，我是托孙导演的福，沾孙导演的光留名影史的。"他的话朴实、简略、很有分量，增加了大家对电影制作的热爱，也增强了王厂长的威望。半个多世纪过去了，我记忆犹新。不过，我在职期间，并没有机会与孙瑜导演直接有过接触，因为他从来没有到我们技术课来领过笔墨纸砚之类的文化用品。只因为他是四川人，我暗中引以为荣。特别是孙瑜与同时赴美的郑伯璋都是四川自贡人。自贡是四川有名的产盐盛地。大家口头都称它是"盐城"或者"盐都"，与经济发展紧相连，人才辈出也就不奇怪了。

钱千里与"小三元"

钱千里是"中制"演员，本来演员是不常到我们技术课来的。唯独钱千里，我们课里总有人把他左推右拥揽到课里来。他也特别高兴，总是嘻嘻哈哈有求必应。

原来，我们"中制"附近的一家小饭馆是"中电"演员顾而已开的。它的前身是一家饺子店，经营不善赔本关门。顾而已把它盘了过来，开成"小三元"饭馆。麻辣川菜、广东烧烤……样样都有。杂家口味让它成了"特色菜馆"。钱千里与顾而已、赵丹都是南通人，大家暗中称他们"南通帮"。新开饭馆由顾而已一人投资，开办费用不多，都是钱千里在"中制"找专门人士张罗的。比如装潢，就是当时"中制"剧团的舞台设计姚宗汉负责，他叫了木、漆、泥工等，三三两两，白天黑夜轮流敲敲钉钉、涂涂抹抹，就把它变成吸引过往路人食欲的美食店。菜单也是"中制"和"中电"两个单位的厨工精心选定的。反正好看好吃，价廉物美。从开张到正式营业，生意火爆。尤其钱千里当饭店总管，每道菜有定价，收钱时暗箱操作有多有少，甚至允许客人欠账缓付，经营灵活得很。

"中电"的名牌演员经常在蓝马的带领下，专程过江来吃饭，实际是"打牙祭"，美餐一顿。他们到了不是直接进饭馆，而是先在饭馆外面排队，让过路人都跟着进饭馆占位子。四川女学生一看见电影明星，特别崇拜，不饿也挤进饭馆。吃完后，蓝马带的人都白吃离开，付钱的只有被吸引用餐的路人。我们技术课的青年们围着钱千里追问的也是"蓝马他们欠的钱怎么还"之类。钱千里总是苦笑摇头，被追问急了他才说："那是些有记录的烂账，由马儿（蓝马的爱称）自己付给顾老板。我交完账单就不过问了。"稍后钱千里补充说："依我的看法，马儿可以赖账不给，你们可能不行。"大家愣住了，钱千里只好开导表示："你们可从'中制'人中找像舒绣文这样的人请客，既可以满足你们的美食需求，我也不为难。"最后大家一声叹息。没有人敢找舒绣文请客。钱千里说，顾而已是傻子开店，包赔不赚。顾而已到底傻在哪里，不妨举几个例子：

一是著名剧作家宋之的是"小三元"的常客。经常请各界朋友到"小三元"边吃边聊，甚至从上午聊到深夜，吃不停，聊不停，结果都是记账。宋之的就是在"小三元"吃、聊过程中完成了《雾重庆》的创作构思。有时，宋之的一直写到深夜，"小三元"还要为他送上一碗四川担担面充饥。宋之的应付款最初还有明细记账，只见账面收入可喜，实际分文不见。钱千里是账房主管，他风趣地回述着："……以后根本不记账了，实在记了也没有用，更劳民伤财……"

二是当红小生陈天国，经常自带白酒到"小三元"借酒消愁。下酒菜均由天国随意点食，酒喝得多，下酒菜要得更多，小菜当主食，最后醉醺醺，跌跌撞撞离开。清醒时根本不记得有欠账的事。钱千里也只能一笔勾销。

三是不管是"中制"或者"中电"的电影友人，手头拮据或者需要应酬时都到"小三元"，鸡鸭鱼肉一样不少，满满大桌吃得酒醉饭饱离开时，礼貌地说一声："千里，请先记在我的账上。"结果大群人兴奋附和："对，记在我们的账上……"甚至会哈哈大笑说："千里请放心，我们不会赖账。"钱千里只有苦笑摇头回应："我放心，我一定会放心……"

"抗暴英雄"韩仲良

韩仲良是技术课的骨干摄影师，大家都很喜欢他，总是亲切地称他"土匪"。课长告诉我，韩仲良是上海人，出生很苦，自幼跟着在上海曹家渡贫民区住的姑妈长大，没有认真读过书，识字不多，更不会抄抄写写。但是他为人正直，从小好打抱不平，帮助弱者，是曹家渡贫民区出了名的小打手，大家赐他一个美名叫"土匪"。坏孩子怕他，好孩子爱他。那里住的成年人也是多数人爱他，少数人恨他。

后来，他经人介绍进了上海明星影片公司当学徒，跟随著名摄影师吴蔚云学技艺。日军发动"一·二八"事变后，韩仲良是宣传抵制日货的先进青年。曹家渡有家商店老板暗中销售日货牟利，韩仲良知道后向明星公司的人搞了一小包炸药，拿到那家奸商面前厉声问道："你是要钱还是要民族气节？"老板吓坏了，急忙打开仓库门，眼睁睁望着韩仲良把那些日本货搬到室外空地上烧成灰烬。

抗战开始，韩仲良跟随吴蔚云到了重庆，是"中制"不怕苦、不怕死的战地摄影。课长官质斌爱才，格外器重他。凡是有危险有难度，需出生入死的艰险任务，都派他去，而他也把任务完成得很好。有一次从飞机上掉下来，满身烧伤，他都活过来了。真是吉人天相，好人好福。

一天，"中制"厂长蔡劲军叫人通知卡通师王铭章去厂长室，王铭章刚连续加班两夜一天，太困倦了，迷迷糊糊回答不去。厂长大怒，即下令开除了王铭章。韩仲良正好在厂，立即快步奔进厂长室，猛掴了厂长几记耳光。刹那间"中制"球场两队对垒：一边是荷枪实弹的警卫连，一边是以韩仲良为首的示威群众。当天下午，马路上就高呼"号外！号外！'中制'必须结束警察治厂"。以后，蔡劲军离开了"中制"。韩仲良成了"抗暴英雄"，受人尊敬。

理发奇缘

家里三个男人，单每月理发开支就要不少钱。我到理发店去买了一把女士剪发刀自己用，也买了一把男士用的，想为三个大男人理发，这样可以省钱。

空剪子练习时容易掌握。比如我的那一把，一边有齿孔，可以边剪边削，镜子都不照。用手摸摸头发，哪里厚了，哪里长了，就咔嚓咔嚓连剪带削移动几下。习惯以后，每次洗头前先剪好，洗完再梳理几下就很服帖。几十年了，我再也没有进过理发店。

男式那把则不行。首先，老汤看见我买回的工具后闷声不响到附近小摊上去花点钱剪好了回家。沐海公开表示："妈妈，我是不要你理得乱七八糟的。"大儿子则用非常尊敬的口气说："妈妈，我愿让你试，只是今天不行，等我有空了。"

如果三个男人中有一位让我示范，其他二人看见质量好一定不会再拒绝，我心怀希望，把空剪子练得又快又好。有一天大儿子说有两个钟头空闲让我剪发，我找旧布为他围上，正式接触头发前先信心十足地操作了几下。万万没有想到剪刀刚钳住头发就不能动了。沐黎大声叫"哎哟"，听来头发被拉得很疼。我急了，叫他自己用手托住有点重的剪刀，我连走带小跑去离家十分钟路的同学范胖家，让他跟我回家看看怎么回事。他轻轻慢试，将挂在沐黎头发上的剪刀取了下来，接着他试着为沐黎理好了发。我特别高兴，把新买的这把男式剪发刀送给他专用，以后老汤和沐黎的头发都是他包了。没过多久，他接到通知去贵州插队落户。除了带走这把剪刀外，我还连夜做了件棉背心送他。虽然用的是新布新棉花，但做工很差，有点像粗针大麻线钉的被子，不过他一直穿着，都破了还舍不得丢。他的女儿问他为什么喜欢穿破背心，他说是我送他的母爱情。

汤晓丹去世的消息在报上公布后，快递送了洁白的102朵玫瑰花来，附上名片才知道是范胖的女儿送的。我十分感动，趁2012年4月上旬去北京出席导演学会表扬先进大会之际，通知了她我的行程。她带着自己的母亲来看我，送了我一瓶高级法国香水。她现在是法国一家童装公司在中国的销售负责人。

就这样，我一次剪发的失误，延续了三代人的友情。

323

老汤请客

　　《渡江侦察记》拍摄接近尾声时，正好碰到春节。三位外请演员张金玲、王惠和吴喜千都留在上海。老汤想请他们三位到家里来吃顿便饭表示友好。这是他第一次开口，我当然答应，也借机祝贺他重回影坛。三位客人加我们全家四人在家里吃，总得实实在在多烧几个像样的菜，让人吃饱。

　　我家方桌不大，每边坐一人还可以，要挤两人就碰来碰去很不方便。我特地到楼下借了一张大圆台面。桌子大，菜也盘大量多。到了客人该来的时候，两个儿子也提早回家等着。结果老汤一人回来，他说："到演员休息室去过几次，人太多，不便开口说请吃饭的事，感到有点俗气。"于是两个儿子高兴极了，坐下来就开始大吃。我们四个人光吃菜，没有吃饭，很快就剩残羹了。

　　饭后，老汤提出还是想请三位客人来。见他老实巴交的样子，我答应了。照样又是一大桌，又是叫两个儿子提前回家，左等右等还是只有老汤自己一人回来。小儿子最机灵，他见又是大桌没有客人，笑着说:"我马上到学校去找几个人来帮忙。"不等我回应,他快步走出。不到一刻钟,他带了几个彪形青年回来,大家马上动筷子,个把钟头,酒醉饭饱后沐海的同学离开了。来我家的几位同学,我名字都没有搞清,人也没看清楚。问沐海他也答不准。我在以后写这段事时,根本无法提到具体人名。有一次我在北京听谭利华指挥音乐会后谈起这件事。谭利华笑着说:"别的人名我都说不准了,只记得我是参加了那次丰盛的晚餐会的。"总算在纪实性细节中有了直接参与者,因而我对谭利华的印象更深刻亲切了,每次在电视上只要碰上他指挥的音乐会,我都会认真看完。

汤晓丹请客并没有因为两次没有实现就到此结束。第三天清晨,他离家去厂前突然又提出,还是要请他们三人来,哪怕不吃便饭清茶一杯也行。这时我才问他为什么第二次又没有带回客人,他支支吾吾说:"见到他们很难开口,怕别人讥笑,又担心他们不赏脸。"

当天晚上,我们自己吃得特别清淡。老汤一脸笑说,这次他是让剧务老曹去请的。他关照老曹不要让其他人听见,如果客人说没有空就算了,不勉强。没料到三位客人十分情愿，答应下午四点一起来。老曹是著名指挥家曹鹏的亲哥哥，做事认真负责，老汤很欢喜，说他办得好。

第二天清早我买了菜，整整忙了一个下午，这次是客人早到，两个儿子后回。饭桌上，三位客人对我的儿子特别喜欢。尤其我的小儿子见了他们就说，我先洗个脸洗个手，然后才与客人握手。张金玲有点好奇问为什么要先洗脸。沐海回答，听电话时，脏话筒常常碰到耳朵会传播细菌。以后，张金玲见到我总会重复洗脸趣闻。

饭桌上轻松愉快，谈的大都是电影、绘画、音乐，便餐变成学术交流。虽然我忙了三次，总的感觉是收益大。值，很值！

请张金玲、王惠、吴喜千三位外厂协助《渡江侦察记》摄制的演员吃便饭，客人只吃一次，我忙碌了三次。在归还圆桌面时，我突发异想，如果碰到物美价廉的圆桌面自己一定要买一张，这样多几位朋友来家便餐就不需要外借了。现在我家里的那张中型圆桌面就是那次饭局的延续。天天看见桌面，天天能回想起三次请客，其实吃得最多的还是我自己的两个儿子：第一次是他们主食；第二次是他们陪食；第三次才是客人到，饭局变成艺术交流，美味长留……

而今，三位客人中的吴喜千已因病去世，《渡江侦察记》摄制组的导演汤化达、美工丁辰、作曲葛炎都不在人世了。想到这些心里还真不是滋味。尤其汤化达，他是汤晓丹的入党介绍人。如果没有他对老汤的具体帮助，老汤导演的《红日》可能会遭受更多的挫折。汤化达比汤晓丹早去世，我们全家送了一只特大的花篮，纪念他，感恩他。

慕尼黑的中国餐馆老板

沐海欧洲留学期间，在离慕尼黑音乐学院不太远的地方，有家中国餐馆，老板原是上海青年，对中国去的人非常友好。尤其对中国留学生，总是热情欢迎去他那里打工，工资比其他地方略高一点，还能免费吃顿质量好的工作餐。无论是中国去的学生还是其他人员，只要是黑头发、黄皮肤的中国人，老板都格外亲切，格外尊重。他是细心人，发现学院新到了位长相潇洒大方的留学生，从来不打工。他很好奇，向人打听到汤沐海后就亲自到学院去找，直接问不打工的理由。沐海回答："太忙了，抽不出打工的时间。"老板反问："饭总要吃吧？"他拉着沐海去他的餐馆大吃了一顿，原来他是去请沐海吃饭的。经过交谈，才知道那位老板原是上海知青，厨艺很好，后来到德国去，在亲友的资助下小餐馆越办越红火。他把从祖国去的人都看成故乡亲人，盛宴招待。当他知道沐海的父亲汤晓丹是电影导演时，高兴极了，直说看过《南征北战》《渡江侦察记》，还把自己的一台比较大一点能望得很远很开阔的望远镜交给沐海，说拍大场面时可作取景用。后来他们成了好朋友，他经常请沐海去吃便餐，酒菜随沐海点。特别是中国名人到了慕尼黑，老板都主动宴请。有一次黄佐临先生去了，老板请黄先生时，还请沐海做伴。高规格高礼遇，黄佐临特别高兴。他们交谈用的都是英语，因长期在国外，黄佐临的汉语没有英语好。

这位老板资金多了，要开分馆，回到上海来找愿意去干活的人。正好有位叫小马的朋友是"上影"化妆组的，他通过小马请我和汤晓丹去参加他们热闹欢乐的聚会。各式各样的煎、炸、炒，色香味俱全，还有很少见到的特色造型。小马说是那些即将跟着去慕尼黑的男女青年各显身手做的。餐馆老板很热情，一直忙着为老汤添菜加汤。那顿晚餐从傍晚六点入座，慢品细尝到九点才结束，三个钟头嘴都不停，不是吃就是说。老汤少有的兴奋、快乐。

我与化妆组的小马成了好朋友，她送过我两段衣料，一段是黑色，一段有点印象派花纹，我很喜欢，一直珍藏作纪念。这些都结缘于慕尼黑中国餐馆老板。

编剧叶楠

《巴山夜雨》是部队作家叶楠继历史巨片《甲午风云》（合）、《傲蕾·一兰》后的第三部抨击现实的创意作品，具有新颖独特的艺术构思和抒情、含蓄、深沉的文笔，是他的巅峰之作。《巴山夜雨》荣获中国电影金鸡奖首届最佳编剧奖，他本人高兴，剧组欢欣，"上影"大喜。在我的记忆中，叶楠显得十分谦恭。他悄悄对我说："要请摄制组的几个功臣喝杯酒庆贺一下。一定要请到饰教师的女配角林彬参加，因为那个人物提供的基础不怎么理想，但是林彬把她救活了。"言下之意格外感谢林彬。叶楠那么有诚意，我当然答应帮助他请到林彬。这是创作友谊，我格外羡慕和珍惜。我一直在想，叶楠为什么偏偏找到我去邀请林彬呢？其实摄制组的导演出面更合适，他舍近求远的用意何在？想来想去，答案只有一个，那就是在 1979 年出席文化部颁发优秀影片奖的仪式上，我和叶楠各自代表过自己的摄制组——《苦恼人的笑》和《傲蕾·一兰》。杨延晋以幽默喜庆的方式要叶楠请客，我们同桌共庆嬉闹过，所以这次他会认为我出面请林彬更合适。足见叶楠心细讲义气、讲情分。饭桌上，叶楠还正式对林彬塑造的女教师形象发表了赞词，表示感谢。

　　两年后，叶楠与导演再度合作了《姐姐》，编剧与导演从写剧本采访开始就进入了共同创作。该剧描写的是 1937 年红军西路军妇女独立先锋团的女战士"姐姐"。她手捂淌血的伤口在河西走廊山谷丛林中拄着木棍跌跌撞撞走着，沿途救起一位昏迷的小号兵并精心护理，两人朝着心目中的圣地——延安走去。后又遇上一位亲人遭杀害的裕固族姑娘，三人相依为命，互相鼓励，继续走着。虽然面临恶劣环境，但心中的圣火照亮着前进的道路，他们的步子越来越稳。在有足迹和血迹的路上，姐姐发现了一本她们独立先锋团女战士的名册。她捧着心爱的名册，向裕固族姑娘和小号兵讲了许多女战友的事迹，还教裕固族姑娘学会写"妈妈"两个汉字。小号兵外出寻找食物不幸遭枪杀，裕固族姑娘带上小号背着姐姐继续前进。姐姐缺衣少食倒在古长城断壁下，裕固族姑娘背着小号继续向心中的圣地走去。

宋春丽刻画的"姐姐"内心丰满，生动有朝气，我认为她应该得到当年金鸡奖最佳女主角奖。不料影片送审时碰到意外。那不是一般的褒贬，而是香花与毒草的争论，这也反映了高层领导对红军西路军的那场战役没有共识。赞成的人说是香花，不赞成的人说是毒草，当然也有不苟言不动笔的，属智慧型。除了我耿耿于怀外，摄制组其他成员都闭口不提参加过《姐姐》的制作。

叶楠到上海参与徐桑楚打算开拍的三国系列影片时曾到过我家一次。他、老汤和我三人在我家厨房小桌上共餐，我对他说，《姐姐》的命运变化让你逃脱了一次请客庆功的机会。叶楠风趣地说："我最实惠，减少了一笔开支。"我说，有朝一日《姐姐》打了翻身仗你再请客不迟，不过要多加一个唐裕龙。因为当时我在"珠影"剪辑《廖仲恺》忙不过来，是他帮了不少忙。《姐姐》影片的用光比较暗，唐裕龙工作很吃力，应该请他喝口酒慰劳慰劳。叶楠风趣地说："应该，应该！只是《姐姐》翻身不容易，不容易，太不容易！可能我这一辈子都等不到。"

2003年，叶楠不幸被癌症夺去了生命，他真的没有看到《姐姐》翻身，不过我代他看到了。一个偶然的机会，我看到新影片《惊沙》上映。它描写的是红军西路军那场战斗的全过程，而我们的《姐姐》是战斗结束后的尾声。我激动万分，写了封信给"上影"，请求在电影频道放映《惊沙》的同时放映《姐姐》。这不是画蛇添足，而是锦上添花，有利于观众认识真实的历史，有利于社会和谐。

演员牛犇

　　牛犇比我小十来岁，1946年，我去北平时认识了他，当时他在汤晓丹导演的《甦凤记》中饰演一个可爱的顽童。那时他父母双亡，跟着在北平"中电"三场当司机的哥哥生活。因为长相特殊，人又机灵，像沈浮这样的大导演都喜欢找他演个角色，使剧中人物形象多样些。汤晓丹也是临时加上他的戏，一点就灵。别看他平时调皮，碰到识才的大导演试镜，他比谁都入戏快。可能出于单纯没杂念，不管戏多戏少，演一个角色成功一个。牛犇13岁时，大导演张骏祥带着他和白杨去香港制作影片《火葬》，他正式走上了演员生涯。牛犇从童星演到白头，快80岁了还拍戏不停。找他的人特别多。他刻画人物出彩，好评如潮，演《牧马人》得了第三届中国电影金鸡奖最佳男配角奖。他还导演过电视剧《蛙女》《蒋氏姻缘》等，受到专家和观众的热爱。究其原因，是他人品好做事老实，肯严格要求自己，精益求精，并勇于承认不足认真跟上。在系列剧《聊斋》中，他导演过好几个剧目，成绩可与电影学院毕业的专家媲美。我很喜欢他，

333

与他合作过多次。

然而，我不太愿意和他同行在人多的地方。他演的戏多，观众多，人气非常旺。走在路上，会突然被粉丝发现，大叫一声"牛犇"，许多过路人会立刻围上来，情况就像《围城》里的那句台词："里面的人出不来，外面的人也进不去。"牛犇对待粉丝可谓真诚热情，有问必答，耐心极了，只苦了我被挤在人群中难受。我们在无锡就碰到过好几次这样的场面。

有一次，牛犇要我陪他去买眼镜。他说眼镜丢了，看书看报都不方便。我提议吃完晚饭后，像散步一样到百货公司眼镜柜台挑副中意的。他本来想晚饭前去的，买了回来吃晚饭正好。我反对，怕晚饭前天太亮，一旦被人发现，围困个把小时没准儿。晚饭后天黑下来，行人急着回家，遭围困的可能性少点。他认为我想得周到，晚饭后我们边说边走，到了商店眼镜柜台，左挑右挑才定下来。牛犇把自己的衣袋一个一个找遍，发现忘了带钱。他只好请店员把挑中的那副放在边上，回去拿钱来取。

我们急着赶回招待所时，却发现两位卖眼镜的店员已经先到了。除了送来眼镜，还附上一张店里几位同事签名的条子，说这副眼镜是他们凑钱买了送牛犇的，目的只为留个纪念。牛犇当然不好意思白收眼镜，店员也不肯接受他还的钱，推来推去好一会儿。最后我陪着牛犇把钱送到店里，店方才不得不收下。

这种观众和演员之间发展出来的亲密情谊，有时让人始料不及，以至我们对其强度缺乏心理准备。

草根艺术家张刚

从 20 世纪 80 年代中期开始，到上海家里来找我剪辑电影和电视剧的摄制组不少。只要档期排得进，我都承诺下来。任务多，走的地方多，认识的奇人奇才多，至今记忆犹新的合作者当然不会少。

有位叫张刚的导演，有东北汉子吃苦耐劳的忠厚品德。他 18 岁加入解放军文工团，两年后进江西省话剧团当演员，参与《八一风暴》话剧的创作和演出。该剧反响强烈，他自己的信心就更足了。张刚还与 20 世纪 30 年代就进入影坛的知名演员吕玉堃合作编写出《女大当婚》电影剧本。不久，他任南昌电影电视剧创作研究所所长兼导演，带领团队自编自导，有时还演个角色，反响都很好。他的喜剧系列影片包括《悔恨》（与周明发、陈家铨合作编剧）、《愁眉笑脸》（与毛秉权合作编剧）和《丈夫的秘密》《风流局长》《多情的帽子》《温柔的眼镜》《哭笑不得》《小大老传》《男女有别》《笑出来的眼泪》《大惊小怪》《想入非非》《多此一女》《多管闲事》等。在他掌舵下，经常有自编自导影片公映，都是小制作、低成本，票房效益高，称得上有赚不赔，以至很多影人都愿意与他合作。

张刚是福建台《聊斋》系列剧的合作者，与俞月亭台长关系也好。他拍戏的特点是"高速度、有质量、观众喜欢、评价好"。原因是在摄制组张刚一人说了算，有问题解决及时，不像官办电影厂有问题拖拖拉拉影响进度。他的影片，我剪辑过好几部，合作都很愉快。

后来发现有同行暗中与张刚的团队拉扯关系，我不愿意互相倾轧，就从1993年开始改行写作。

此后，虽然对红红火火受人围追热捧的张刚导演一无所知，我却相信自学成才进入电影导演队伍的他不会辜负"天生我材必有用"的古话，继续尽责，让自己的生活充满阳光和自豪。

我曾打听张刚的下落，几乎没有人知道他的情况。有一次，我无意中从当今著名制片人刘大印口里得知张刚已去世好几年了（卒于2006年）。大印说："张刚不幸得了癌症，动过大手术，经过化疗，被折磨得皮包骨头，人也变了形。但是他精神志趣犹存，断断续续表示，等彻底好转后还要带队再走进摄制场……"

命运之神并没有眷顾张刚，使他有再走进摄制现场的机会，改革开放初期大显身手的草根艺术家张刚无声无息地离开了人世。

演员陈裕德

演员陈裕德曾在由黄蜀芹导演、潇湘电影制片厂出品的《当代人》中饰角色,戏份不多。在"上影"作后期时，我去参加过最后精剪。陈裕德的戏少而精，形象突出，他自己很满意。我到河南电影制片厂工作时，他特地请我和杨延晋去他家吃饭，还说有车子来接。临行，才知道来接的不是汽车，是他自己骑的自行车，让我坐在后座。我不会骑车，也没有坐过别人踏的自行车，上车后紧张极了，紧紧抱住他的腰。我越抱得紧，他越歪来歪去，摇摆得更厉害。我满头大汗咬紧嘴唇，他一直叮嘱我放松，不要怕，不会摔倒。我根本听不进，有时还小声叫两下，好不容易才到他家。河南省话剧团宿舍很热闹，大杂院里的邻居非常亲热，几乎把我当作他们家的客人。那一顿晚餐，陈裕德家准备的菜肴满满一大桌，吃不了，有的连筷子都没有碰过，我印象深极了。

饭后，我怎么也不肯再坐上自行车。陈裕德只好步行送我和杨延晋回招待所。

以后，陈裕德接二连三参加"上影"新片拍摄，北京电影制片厂也找他参加摄制。1986 年他在"上影"赵焕章导演的《咱们的退伍兵》中饰柳铁旦，成功获得第九届大众电影百花奖最佳男配角奖；又在北京电影制片厂王秉林编导的《斗鸡》中饰孙老倔，荣获第十四届大众电影百花奖最佳男配角奖。

陈裕德是位非常优秀的演员。但从 20 世纪 90

年代中期开始，就没有他塑造银幕人物的报道了。最初我以为他出国深造去了，后来才打听到他已病逝。我难过了很久，多次写到过他。如果他能活到今天，一定会有更多好作品问世。

陈裕德是河南人，导演赵焕章是山东人，两人长相酷似。赵焕章的家在我家附近，偶尔上街我还会碰到他。不过好几次，我都误认为看到了陈裕德。我这个人，对有才气和讲义气的合作伙伴，总是记得牢，忘不了。我一生把事业上的知音看得特别重，当回忆自己的奋斗历程时，一个个鲜活形象会占据心头、涌出笔头。

导演陈金良

我多次到过河南电视台，结交到一位很贴心的友人。20多年过去了，当年的少壮派导演，现在都退休在家了。他们没有机会再站到摄像机前，我也不可能像当年那样日夜三班连续干。随着时光流逝、年龄增加，知音间的友谊会转化为浓浓的亲情，我内心感到少有的温暖。

陈金良是最典型的例子。他第一次到上海来找我去郑州时，在我家楼下来回转了好几圈都没有上来，担心我对他的单本剧没有兴趣。最后鼓足勇气上了楼，发现我很爽快地就答应了他，这个结局是他怎么也没有料到的。

第二天乘小飞机，飞行慢，时间长。我没有埋怨，他放心了。以后我们默契合作并无话不说，成了很贴心的朋友。汤晓丹生病住院，他送了2000元慰问金，比汤晓丹当时的月薪还多。老汤最初不收，陈金良一定要给，老汤收下后分了一半给我，说是我的朋友送的，理应分一半。

后来，报上介绍汤沐海去郑州指挥音乐会时太累生病，去医院输液，乐团把汤沐海安排好就走了。陈金良知道后，陪着沐海把吊液输完，并且送他回招待所。沐海很感动。陈金良是部队转业军人，有音乐修养。沐海每次演出的资料都是他搜集了寄给我，他的乐评也不错。连沐海都说："如果你还有像陈金良那样懂音乐的朋友，可以多给我介绍几个。我们的演出需要培养自己的观众，让他们多听听演出，对乐手、对我都很有益。"

现在，我终日在家读书写文章，在别人看来"闷得慌"，在我看来则不然，自己的最大优点就是静得下来。经常电话铃响，大多是陈金良打来的。什么天热了要喝绿豆汤呀，天凉了要多穿衣服，早上不要外出呀，甚至动员我去郑州参加牡丹节，说他家现在人少，有两套房子供我住，住多久都可以。反正他的话让我听了心里乐呵呵、暖洋洋。

我的交友原则，朋友不在多，要少而精，少而亲，那才有意思。说实话，过去我外出工作，从来没有游山玩水，参观名胜古迹的习惯。一则工作安排紧，抽不出时间；二则家里有老汤，扔下他一个人自己在外面玩，心里不是味。只能结束工作就踏上归途，这就是我。

341

"百部导演"杨小仲

杨小仲出生于 1899 年。"上影"成立后，厂领导每逢开大会总会兴高采烈地介绍："我们上海是我国电影发展最早的基地，有百部导演杨小仲。"

杨小仲不仅出生早，投入电影制作也早。最突出的是他孜孜不倦自学成才的事迹。他是江苏省常州人，17岁就到上海商务印书馆补习学校半工半读，两年后转入机要科工作。正巧碰到一桩大案流传市井：洋行买办阎瑞生借郊游之际，将名妓王莲英骗到徐家汇郊区勒死，抛尸麦田。

杨小仲震惊之余，将王莲英惨遭谋害的事实编成《阎瑞生》剧本。由任彭年导演，拍成10本黑白无声故事片。上海首映日夜满座，仅一周票房收入就赚了四千多大洋。《阎瑞生》不仅是中国电影第一部长故事片，也是杨小仲大显身手进入电影编剧行列的开始。紧接着，杨小仲编写了《好兄弟》和《松柏缘》。27岁开始，他感到光编剧不过瘾，就自编自导了《醉乡遗恨》《马浪荡》《武松血溅鸳鸯楼》《火焰山》《妖光侠影》《江南女侠》以及1—6集《火烧平阳城》（与陈芷青合导）。繁忙之余，他还编写了《侠义英雄传》，导演了《不如归》《母之心》《大侠甘凤池》《儿子英雄》《秘密宝窟》等。这些都是杨小仲而立之年的力作。这些剧本影片，或独立完成或与人合干，成绩摆在影史记录上。杨小仲在"上影"成立后，表现十分谦虚，努力学习改造世界观。我记得他与俞仲英联合导演绍剧戏曲电影《孙悟空三打白骨精》时，常到剪辑室来，亲和力很强。我在他面前，仿佛幼儿园的小朋友看见大学教授，隔了几代电影文化的差距，除了笑笑以外，说不上话。

他的女儿杨芳青，由演员改做场记。杨芳青的儿子也送到"上影"托儿所全托，每周接送时会碰见，我们成了朋友。杨小仲由此对我有所了解，我告诉他读中学时同学带我去看《瑶山艳史》电影，回家挨了我妈一顿打，她认为学生看电影是不走正道。

杨小仲大声笑着说："《瑶山艳史》是我导演的，想不到你看过。你不说，我都忘了。"

稍停，他又说："当时拍戏快得很，既没有记录，也不保存原件。现在记住的不少，遗忘的也不少。"

我和杨小仲就这么一次触及电影的交谈，我记忆至今。

1962 年，杨小仲与比他年轻 5 岁的应云卫联合导演《周信芳的舞台艺术》纪录片。论资历，杨小仲比应云卫拍的影片不是多几部，而是多几十部。但是杨小仲非常尊敬应云卫，无论是现场拍摄或是后期制作，只要应云卫提出的意见，他都认真听，仔细思考，尽量接受。当然，杨小仲有不同看法时，也细声与应云卫交流，称得上文人相惜、德才为重的典范。

厂里要杨小仲导演将《三打白骨精》搬上银幕，他服从分配，带着助理导演张秀芳参加工作。张秀芳名义上是助理导演，实际做着副导演的工作。杨小仲很爱这个寓意深邃的题材。他认为只要把剧目的思想性、哲理性与新奇的电影画面结合好，只要把孙悟空的"人相"和"猴相"精心刻画好，通过故事发展来塑造那个神话英雄善辨真伪、智慧勇敢、坚强乐观的形象，观众就一定会喜欢。杨小仲呕心沥血，与绍剧著名演员密切配合，使六龄童、七龄童的演技得到极限发挥。摄影师卢俊福也功不可没。"上影"的《孙悟空三打白骨精》荣获当年中国大众电影百花奖最佳戏曲片奖，杨小仲的兴奋之情，局外人是很难理解的。杨小仲将一生都献给了电影，终于将最耀眼的桂冠戴在头上。

2009 年是杨小仲 110 周年诞辰，位于虹口区曲阳路 574 号的上海影视文献图书馆搞了纪念活动，还出了报道。会上发言的有导演徐伟杰、摄影卢俊福、我和上海电影家协会会员夏瑜。看到通知后自己赶去参加活动的电影观众也积极抢话筒。会上放映了杨小仲早期导演的《春》，质量不错。我们花了好几天功夫想找到杨小仲的后代来参加，厂里没有记录，派出所也由于多次动迁而查不到下落。

让大家感到安慰的是女演员林彬，她收到图书馆的报道后兴奋万分，打电话给我说："看到关于杨小仲纪念活动的文章，非常激动。像杨小仲这样一位早期就跻身电影行列的老编导，理应受到社会的尊重。"

杨小仲把青春和智慧贡献给了中国电影事业。现在台湾、香港、澳门地区都有电影资料馆，许多中国的、外国的年轻电影人都在研究我们的电影和历史。杨小仲的作品日后一定会受到重视。

演员林彬

我进电影队伍较早，知道女演员中很多人才华横溢，名气也如雷贯耳。当然，名气也包含媒体的追捧和演员的高调张扬。林彬有所不同，同行对她好评如潮，她自己则深藏幕后，低调为人。这是我在译制片厂工作和在《不夜城》摄制过程中的观感。我特别看好她，记得她。就以我写的怀念杨小仲的文章为例，打电话反馈给我的只有她，足见她平时不声不响，对杨小仲自有洞察和感悟。

天生好嗓子——

林彬 1925 年出生在北平，比我大三岁，我应该尊称她"姐姐"。她说一口流利的北京话，不带乡土味，音色圆润清甜。同行们喜欢和她轻声细语交谈，既学习标准发音，又享受听觉美感。18 岁的林彬就读于上海法学院经济系，是具有很强逻辑思维的好学生。著名戏剧大师黄佐临选中她参加《苦干》剧团，与石挥、白穆、张伐等同台演话剧。经过黄佐临的点拨，林彬进步快，艺术潜质突显。四年后，也就是林彬 22 岁时，大光明电影院经理朱曼华与友人何通———一位美国电影迷，合资编导新片《吉人天相》，邀林彬担当女主角。影片有抗日情节，有歌舞，有何通导演学外国电影的"洋化镜头"。公映时，有"何通何不通"的贬词，尖锐攻击导演不懂拍摄章法。奇怪的是，越遭贬，票房效益越高，片子收回了成本。更有趣的是，在拍戏前编导答应给林彬1000块大洋作酬劳，真是做梦也没有想到过的天价。不知怎么被拉载林彬的黄包车车行老板知道了，他对林彬提议："1000块大洋如果交给我去做生意，包赚不赔。"林彬随意说了声："你去拿了做生意吧。"以后听剧组讲，他真的去拿了，不过再也没还给林彬了。这1000块大洋成了林彬拍第一部影片《吉人天相》的黑色记忆。我想这应该算是影人队伍中遭行骗的开端。

347

据林彬回忆，不少好奇人士千方百计想搞到《何通何不通》那篇对《吉人天相》的贬文，翻遍大报小报就是找不着。我发现根本没有记录提到过《吉人天相》这部片子。好不容易在演员乔奇写的回忆中见到《吉人天相》，也是除了片名，其他记忆都模糊。他说拍得太快了，只记得刚走进片场就站到摄影机前，导演说几句，照着复述就完了，事后也就忘了。林彬的回述，应该说比男主角乔奇还多几句。《吉人天相》资料奇缺，我反而更有兴趣记上它一笔。毕竟它曾经在上海影坛出现过，是我喜欢的好演员林彬主演的第一部影片，而且 1000 块大洋酬劳还被黄包车车行老板拿去做生意了，使林彬本利全失。

拒谈风派人物——

有一次，一位杂志的编辑约我写篇人物专访，正巧那位大名鼎鼎的人物与林彬合作过。我想找林彬介绍些合作细节，没料到林彬在电话里当场拒绝："那是个风派人物，我不会谈他。"

她对风派导演不屑一谈。林彬爱憎鲜明的观点，让我接受了一次为人处世原则的教育，也使我悟到她看到我写的纪念杨小仲的文章后会半夜打电话给我的感觉。我常常想，如果我们影人队伍中林彬式的成员多一些，我们的影视作品也会更好更有文化价值。

2010 年 1 月 9 日，林彬全家在《新民晚报》上登了一则短文："先夫吴崇文于 2010 年 1 月 7 日仙逝。享年 92 岁。遵照遗愿丧事从简，不举行追悼仪式。"

348

我认为林彬移风易俗的做法好极了。人生在世，厚养薄葬最务实，利人利己。

医生陈恺

儿子的同学步欣来到我家说，她单位领导陈恺医生要来家访问。老汤记不起友人中有叫陈恺的。经步欣介绍，才明白他原是部队战士。《红日》在上海宝山补戏时，他曾来参加拍摄，对态度温和的汤晓丹导演印象良好。从部队复员后，陈恺研究男性性功能病理科学有成就，办了诊所，为男性病员谋福利。他在海外也有名声，许多患者到中国来请他治病。所谓访问，其实是叙旧便餐。

几乎每隔个把月，陈恺总要请老汤和我去大餐厅喝口酒，吃点新上市的蔬菜，也有难得见到的鲥鱼和大闸蟹等等。

我对陈医生甚感兴趣，是因为他的钻研精神了不起。这位 1.8 米的大个子，试验自己发明的治疗仪器时，都是身体力行，证明有实效了才用到病员身上。

那种负责任的精神和高尚的医德并不多见。他的夫人原是富家小姐，经过几番波折才嫁给他，最终有情人终成眷属。

我问陈恺，为什么对汤晓丹情有独钟。他的回答简单明了："看过汤导演从影之道，靠的全是自学，苦读苦干才有了现在的收获。一个农村青年，到十里洋场的上海，还是白色恐怖严重时期，仅仅三年就当了导演！他拍的影片既有思想性也有高效益，特别是新的工农兵题材影片获得好评，受观众喜爱，这是很难很难的。"

我懂了，他是以自身创业的艰苦经验在衡量和解读汤晓丹。在汤晓丹退休后深居简出的日子里来找他，安慰他，目的是化解老导演的失落感，用以心换心的方式来交友。

他告诉我，在宝山补拍《红日》镜头时，与某演员住在一起。为点芝麻小事，他本想动手打那位演员的。想到导演和蔼可亲，在现场什么都能忍耐，才打消了动手的念头。

这时，我说："幸好你能克制没有动手，否则真要闯祸。"

他似乎不理解，反问："为什么？"

我说："把人打伤了，影响拍戏，不受处分才怪呢！"

陈恺在上海的水上公园养了很多匹马，都是做实验用的。他经常叫人来接我去骑马，我骑不上去，他就叫饲养员把我抬上马背，叫人拍照。他就是这么一个可爱的人。

冬天，他喜欢接我和老汤去七宝吃红烧羊肉。真叫一个香糯鲜，油而不腻，干而不刺喉。每次吃了还带一大盘回家，享受好几天。

突然电话铃响，有人通知我："陈恺猝死！"医生检查结果是心脏病突发，来不及抢救。一个好人、奇人、能人、讲情义的人，就这么早早结束了生命，离开了人间。

四川有句俗语叫作："人在情在，人死阴阳两分开。"年轻时听到没有感受，现在才领悟到此话的准确和冷峻。

第七届中国金鸡百花电影节

　　1998 年 11 月，第七届中国金鸡百花电影节在我的出生地重庆市举办，我受市里特邀出席。参加活动的代表多，共有七家大酒店接待。

　　——渝州宾馆接待的是中央领导、金鸡奖评委、研讨会专家。

　　——万友康年大酒店接待的是国外及我国港澳台地区代表、重庆市特邀外地代表。我就住在这里。

　　——海逸酒店接待上下届电影节主办城市代表、各省市区影协代表及电影系统代表。

　　——朝天门大酒店和海逸酒店接待自费到渝参加活动的客人。

　　——雾都宾馆接待中央有关部委领导、组委会成员、"双奖"获奖、获提名代表。

　　——人民宾馆接待颁奖嘉宾、新闻记者、颁奖晚会演职人员。

　　——鸿都大酒店接待影片交易会代表。

　　看来对我的住地安排，还着实下了番功夫。我不是影协邀请的，与港澳台代表住在一起比较合适。我们的活动有专车接送，与影协其他人不碰面。连头带尾九天时间，我就没有看见过一个熟悉的影人。其实我与住在宾馆的同行并不陌生。台湾来的影协主席王珏就是我在重庆"中制"工作时经常见面的。他见了我兴奋地问长问短，自述不停。香港代表大都知道我是汤晓丹的妻子，因而格外友好，无论到哪里都拉着我同行，还送礼物。我过得自如愉快。

有一次吃完早饭大家上车，不知怎么车轮不动，我猜想在等谁。果然鼎鼎大名的凌峰上来了，大家抢着和他说话，只有我望着他不开口。他很风趣也很机灵地问我："你是？"

我笑着回答："等你先开口呢。"

他有点不解，反问："为什么？"

我说，你是大名人，报刊经常介绍你，你肯定知道我认识你。而我默默无闻，你应该先向我打招呼。他高兴地大笑。

第二天清早，我们又在餐厅见面。他不但先说早上好，还将一张小纸条给我，上面写着他在北京、山东和台湾家的电话，邀我有机会去玩。我猜想他向别人打听了我，所以友好多了。

我有一个习惯，在人多的场合，绝不主动与名人先打招呼。因为我发现，与对方攀谈后，常常会被问起："这个人是谁？"我觉得这很丢人。

有一次在北京音乐厅听汤沐海指挥新年音乐会，总经理钱程把我的名字贴在保留座上，我老远看见，就绕开那个座位坐。钱程是个很实在的人，他找到我硬拽回去，我只好大大方方坐在那个有名字的座位上。音乐会正式开始前，那排位子来了几位领导人，其中有吴仪副总理。我礼貌地将脚往座位底下缩，方便她走进。钱程对吴仪说："这是汤沐海的妈妈。"我微笑着点点头。没有想到吴仪脱口而出："我们见过。"明明初次照面，她怎么会说"我们见过"呢？后来我才领悟到这是礼仪待人。见到陌生人说"我们见过"，总比显得不相识友好。此后，我改良了答话习惯。比如遇到人说"我到你家来过"，我早忘了，但是答"想不起来"肯定让他听了不舒服。我改口说："你来得太少，我差点认不出来了。"这都是从吴仪的谈吐中受到的启发。

益友刘秋萍

刘秋萍是上海普陀区知青，她带着火热的心到农村插队落户，学得了一手种茶识茶的好技艺。回上海后，她办起了茶餐馆，个中辛酸与艰苦，常人并不理解。我与秋萍相识时她已经走出了人生低谷，当时茶道饮食已经受到人们重视。

我年轻时很少进餐馆，多数是在家里掌勺。因为没有保姆，一日三餐都得我在厨房准备好，儿子回家才不至于饿肚子。后来儿子远走高飞，家里只剩我和老汤，我们更是以家常便饭为主。一天，文化局团委干部李磊来我家说，他刚去过秋萍开的茶餐馆，端上桌的都是工艺品，大家舍不得动筷子破坏它们的造型。他热心热肠动员我跟他去那里坐坐。经不住诱劝，我去了，也见到了女老板秋萍。她很能干，端上餐桌的菜肴漂亮极了，每道都有一个诗意的名字。秋萍热情坦诚，到她那里去的人不少。以后我又跟着陈逸飞、杨延晋去过。没有一般餐厅的喧哗和嬉闹，客人们沉浸在视觉美、味觉鲜、感觉雅之中。清茶一杯，心旷神怡；素食一席，饱而不腻。

李磊第二次邀我陪杜宣先生去秋萍茶餐馆，是为了答谢杜老到文化局为青年讲课。杜宣是诗人，进了茶餐馆就像是进了诗坛净地，乐于心，形于色，言于诗。秋萍对杜老崇敬至极，所有佳肴美味全盘托出，还特地派车把老汤也接去作陪。一向少言寡语的老汤兴奋得话多起来，不断问她怎么构思出这些品种，又是如何烧制的。秋萍把她的厨师请到餐桌上碰杯祝酒，激励他继续努力拓展美食。

　　秋萍的茶餐菜成本比其他餐馆高，许多都是靠人工精雕细磨制作的。但是我们去，她总是打折扣。如果我一人去或者带个朋友去，秋萍不收分文。这样，我反而不好意思去了。她的馆址几次搬迁，越搬越有品位，搬至襄阳路靠近建国路口才算比较满意。人员基本固定下来，科学管理，经营有方，效益明显，人气、名气大旺。

　　秋萍除了自己勤学苦干外，对她的女儿特别注意培养，送她去马来西亚学习。毕业后女儿回到上海，秋萍就开始培养她经营管理茶餐业务，准备条件成熟后自己隐退，让新一代人继续开拓发展。

　　秋萍经营茶道的同时，把她的小家打理得很好。

她的丈夫是与她一起插队落户的知青，是个踏实肯干的好人，喜欢司机这一职业。秋萍完全可以给他买辆私家车开，但是丈夫偏爱到出租车公司去打工，认为有组织有依靠。秋萍尊重丈夫独立自主的选择，所以夫妻两人能同甘共苦，生活幸福美满。

秋萍善待自己的婆婆，有一次她苦恼地对我说，天气太热，要为婆婆装空调，婆婆硬是不要，还需要耐心去说服。有的家庭为了钱搞得婆媳关系紧张，而秋萍家婆媳之间比母女还亲。

我与她核实过退休政策材料，她非常中肯地对我说："你的收入太低，我帮不到忙。如果谁对你特别好，帮助了你，你想请人吃顿饭答谢，就带到我这里来。我是你的坚实后盾，你请客，我买单，说到做到。"

她还告诉我崔永元帮她做节目时的一个细节：谈到丈夫时，听说是出租车司机，采访的导演不相信，表示："别开玩笑了，他怎么会是开出租车的呢？"秋萍大大咧咧地说："开出租车有什么不好，他自食其力生活，这不是说不出口、见不得人的坏事，我全力支持他。"

秋萍就是这么一个以劳动为荣的女强人。她经营茶餐馆成功，做人做事也保持着劳动者的美德。我与她始终真心相待，没有虚情假意，甚至一般的应酬话都没有说过。我为有秋萍这样的朋友自豪。如果世上所有人际关系都像我和秋萍之间那样，那么不用动员，社会自会和谐进步。

物以类聚，人以群分。在国际大都市的上海，世界各国的人们把不同的理念、不同的生活方式带来。过去的棋友、牌友、球友、诗友、画友、酒友，发展到今天的网友和时尚友。我羡慕一群异想天开充满活力的青年聚会谈时尚设计。从四季服饰、色彩搭配到相关饰物等，我都感兴趣，从中可以看出大家的追求，如何提高文化品位。我喜欢相聚的是"义友"，不论用电话交谈或者面对面都必须肝胆相照，就像我与老友秋萍一样。她经营茶餐馆，我每天笔耕，属跨界友人。怪就怪在不论多久没往来，一旦恢复交流仍然能诚心诚意。我是低月薪而不穷，独居家而不孤。秋萍则是日进斗金，作风潇洒，丛中独秀。其实，朋友中像秋萍这样雅而不露的大有人在，仁者均为我师也。

杜宣的诗人情怀

记得第一次打电话找杜宣先生是为了我写的一篇关于他夫人的文章。除核实材料外，也想认识一下，请他指点写作应该注意的事项。按约好的时间我去了，正碰上他送客人出家门口，我上前说："是杜宣先生吗？我是约好来见你的蓝为洁。"他和蔼可亲地表示："请进屋谈。"

我问是让他自己看稿件抑或是我读给他听，他顺口回答："你念吧，慢一点。"

见他坐到木摇椅上后，我开始一字一句念。刚结束，他就从木摇椅上站起来夸奖："你写得很好嘛，我再补充一点。"

我仔细记下了他补充的细节。临走时我问杜老："要不要再过目一次？"他笑着说："不用再看了。"文章在《文汇电影时报》发表后，我把报纸寄到杜老家，他特别高兴，说要请我吃饭。没有保姆，我需要烧饭持家，没空外出做客，所以杜老的一顿饭只好让他先欠着。

杜老重感情，懂爱情。他书房里书多，从靠墙地板上一本挨一本堆到屋顶般高。取一本书多不方便呀，我便建议："你可以换套大点的房子，书摆在架子上取读方便。"杜老的回答让我大为惊诧,他说："不是没有考虑过换房子，想来想去，不换为好。说不定哪天我的夫人会回来，搬了家她一定找不着我，有家归不得，太惨！"短短几句话折射出杜老对亡妻的思念之情。只有情感饱满的诗人才能产生出如此朴素的期望，而且是无法兑现的期望。我见过不少影人，配偶去世时号啕痛哭，紧紧抱着断了气的身体不放手。但是，一年左右，就耐不住寂寞，变得心神不定，智力紊乱，生活失常，甚或在公园里开始了黄昏恋。"蜜月"不久，两家的子女就关门内讧，老人不但没得到幸福，反而更加怨天厌世。像杜老这样默默思念和期盼亡妻的，属极少见的多情老人。他不但对自己的感情生活认真，对别人的遭遇也牵肠挂肚。

我们聊到电影演员路明和杨帆之间那段凄美恋情时，他就特别揪心。他告诉我，新中国成立前夕，杨帆随解放大军进驻上海，任市公安局副局长，见缝插针去旧爱路明家。他发现路明仍然像 10 年前一样，孤身一人不婚不嫁不谈恋爱，而自己已经妻室缠身了。爱恨交织，两人抱头痛哭了一场。这情景当然是杨帆自己对杜宣说的，杜宣只好千言万语并一句："都是战争造成的！"

我没有接他的茬往下说，路明已经把她的故事告诉了我。还是 20 世纪 30 年代，杨帆到上海后经常去路明家，两人互相中意，但是谁也没有挑明。抗日战争开始，杨帆去了苏北，路明跟着姐姐徐琴芳、姐夫陈铿然到了抗战大后方重庆。她与杨帆的联系不断，有时汇款，有时邮药品。情有所寄，爱有所托，两人心照不宣，等着胜利重逢的日子到来。抗战结束，日本投降，路明回到了上海。杨帆找了自己的同志到上海路明家传口信：最好我们能在苏北见个面，因为我们还没有好好谈过。

可能是传话的人没讲清楚，路明有点不踏实，认为拖这么长日子了，还说没好好谈过，去了苏北谈不成怎么办？她简单回话，现在刚回上海，生活没有安排好，不能离开。

杨帆误会了，以为路明另有所爱，正好他的下属已经苦心等他好几年，便与她举行了婚礼。误会造成的悲剧无法挽回，所以两人抱头痛哭。不过泪水涤不净心头伤痕，才引发杜老安慰杨帆的话："都是战争造成的！"

　　长宁区新华街道的文件对杜宣的家庭生活有这样的描述：1939年赵丹与徐韬等带着妻子和孩子去新疆开拓戏剧运动。当时交通十分不便，赵丹夫人叶露茜带着女儿赵青、儿子赵矛留在兰州。后来传说赵丹等均遭军阀盛世才杀害，叶露茜痛不欲生。友人帮助叶露茜乘运货车到了重庆。杜宣在向周恩来汇报工作时认识了叶露茜，对她多方照顾，两人日久生情结了婚。1945年赵丹死里逃生回到重庆才知道妻子改嫁的事。他理解叶露茜，与杜宣相处融洽。1980年赵丹病逝，杜宣写了悼赵丹诗：

　　　　　　秋云藻藻映空庭，噩耗传来我大惊。
　　　　　　剧影两坛称祭酒，诗书双艺享高名。
　　　　　　南冠二度君多难，浩劫十年忘未平。
　　　　　　际此百花争怒放，吾侪何忍失干城。

　　杜宣的诗客观公正地评价了赵丹绚丽而坎坷的一生。

而今，杜宣、赵丹、叶露茜都已不在人世，能撰文怀念他们实属幸运。如果没有秋萍茶餐馆的相聚，我想自己是难以写出杜宣高尚的诗人情怀和品德的。

记者小刘

记者小刘原在上海主持拍摄《人物》栏目，相识于十几年前。她采访了汤晓丹早期在虹口咖啡馆的活动，以后常来我家。每年老汤过生日，她都要组织几个影迷聚会祝寿，吃的全是玉佛寺掌勺大厨烧的素食，淡雅清香。厨师烧得多，我们吃得也多，餐后还带回家吃好几天。

几年前，小刘离开上海落脚北京，大家习惯叫"北漂"。逢年过节，老汤的生日，她仍然汇来点钱，关照我自己作主，或吃或购纪念品，目的是让老汤高兴。老汤离我而去后，小刘继续汇钱或快递食品来。

小刘从报上得知春节期间快递将停止服务，就提早到稻香村买了大盒名点快递到我家。还没来得及打电话表示感谢，她的电话先来了。我高兴得直说：

"相识满天下，我很高兴能交到一个像你这么忠诚的友人。"我的话还没有说完，她抢先回答："一个就够了，一个就够了！"

是的，这样真诚细心的朋友一个就够了。要多了，汇来的钱和快递来的名点，我还不知去找谁帮助花、帮助吃。独居的日子难熬，食物太多找不到人分享也不是味儿。

小刘啊小刘，几时漂回上海就好了！我比较喜欢她、相信她，托她的事都能尽力做好。她是虔诚的佛教信仰者，乐于助人，待人接物甚至少个心眼。她曾经写过儿童读物，别人鼓励她去出版，打包票能帮她推销出去。她居然信以为真，与出版社签订合同写上自己包销多少，所有出版费用分期付还出版社。我晓得以后，认为别人口头承诺的包销没有法的约束，兑现不了自己被动。她不听我的忠告，结果不愉快的事发生了：承诺帮她推销的人并没有将书销售出去，出版社按合同找她要钱。困境持续了好长一段时间，苦恼和挣扎也伴随了她好长一段时间。她去北京发展，我觉得不合适。我问她为什么不在比上海小的城市找机会呢？我很坦诚地对她说：把上海近 10 年拼搏积累的经验用到小城市去，起步会轻快。她不信，把女儿也带去北京。母女二人混了几年，也就是吃饱穿暖，现在总算明白过来。她逢年过节依然寄快递送东西来，我细估了一下，每次都得花一百多元，全是从自己的口粮中省出来的啊！我时时含泪咽下她的点心。

人贵真情，她说得好，真朋友，好朋友，一个就够了，一个就够了。

锵锵三人行

《锵锵三人行》是一个电视节目的名称，我喜欢它的响亮、锐利和大气。一天，与好友丁德安、陈慧尔三人边走边说，不知怎么我冒出一句话来："我们是锵锵三人行。"她们不约而同都叫好。回到家里，我着手写我们三人的交往。

丁德安是能干的服装设计师——
一次偶然的机会，我与她出席大剧院文娱活动时座位相邻。她身边坐着一位学生模样的姑娘，像她的女儿。那个姑娘有双大眼睛，乌黑透明，闪闪有光，美极了。我忍不住与她们交谈，才知是杨雪兰送的票，而我的票也是杨雪兰送的。我问丁德安与杨雪兰的关系，她简单说了声："我是她的裁缝。"杨雪兰当时是美国通用汽车公司在华的副总裁，正在上海监管别克轿车生产。杨雪兰买了许多好面料，要丁德安为她设计带有中国元素的礼服。丁德安低调说自己是裁缝，引起我的格外重视。常常碰到人三分本事，七分自夸。丁德安不一样，我开始与丁德安有了交往。十多年过去了，逢年过节，她总记得汤晓丹和我。汤晓丹先我而走之后，丁德安想得周到，每次除了邀我在家附近改善生活外，还带来不少生活实用品。

相信丁德安缝艺的友人很多，我仔细观察，她不但认真好学、技术超人，服务更加到位。别看她年近五十，干起活来比年富力壮的男人劲道还足。加上善解人意，凡是经她服务过的顾客都夸奖她。有急需了找她，她都克服困难尽全力满足客户要求。她收费开价比别人低，在以钱为本的商风中，丁德安算得清纯罕见。我从她的言行中领悟到不少如何服务人的秘诀。

丁德安特别爱音乐，几乎所有音乐会都力争出席。恰巧我的另外一位挚友陈慧尔是小提琴演奏家。她出席音乐会时，发现丁德安总在现场，所以她自己想去的音乐会也给丁德安入场券，二人成了"乐友"。她们之间的外出活动比我多。我的年纪比她们大，凡是太晚太远的演出我奔来奔去有点胆怯，所以喜欢在家里看新闻，看电视剧，听听音乐频道，自娱自乐。

出自音乐世家的陈慧尔——

最早知晓陈慧尔还是 20 世纪 80 年代，在沐海指挥上海交响乐团的两场演出现场。8 月 23 日首场，汤沐海刚站上指挥台就有人拍到一张剧照，后来送到我手中。剧照上乐队小提琴副首席就是陈慧尔，她正好弯腰前倾翻谱子，动作很突出。我不但记住了她，还感谢她为汤沐海的演出付出了辛劳和智慧。以后我们见了面，大家都以母亲的心态交往，感情格外投入。她有两个儿子，培养得出众，还是享誉海内外的四重奏成员。因为陈慧尔家中三代都经常演出，习惯了对衣着仪表的重视，不像我的穿戴人前人后、家里家外都一个样。上海音乐学院举办贺绿汀音乐厅落成式首场演出，汤沐海回国来指挥，陈慧尔得知后约我在一家服装店门口见面。原来她看中了那里的几件衣服，一定要买了送我，叮嘱说："儿子回来，妈妈穿得漂亮点，儿子见了会高兴。"陈慧尔就是这么细心、温情。我现在有几件算得上时尚的衣衫，长袖短袖，都是陈慧尔送给我的。平常穿着在家做事实在可惜，外出大多去买生活必需品，也犯不着。然而挂着看看，见物如见面，友情满怀总是令人欣喜的。

陈慧尔常常与丁德安约好，我们三个人吃顿清淡别致的饭菜。她们总是多要两个菜，吃不完打包让我带回家。我也习惯了，外面吃一次，带回家的再吃两天。其实，我一个人开伙，不烧没得吃，烧多了吃不了，而且总觉得吃肥了做瘦了，得不偿失。我们三人走出饭馆，我提几盒打包的菜，她们俩轻松回家忙自己的事。所以我会说我们是锵锵三人行，大家在欢笑声中离开，分手。

我的第一个"金九"

2012 年 10 月 4 日，中秋国庆双假合在一起，8天长假的第 5 天开始了。其实，这后几天属补休，已经不在隆重庆祝期内了。我从 9 月下旬起参加了几次大活动，很兴奋。

第一次大活动——9 月 23 日，纪念蒋君超先生百岁诞辰。我们从早上 8 点乘车到蒋君超、白杨夫妇墓地献花。仪式举行了一个多小时，吃了午饭回上海，继续在银星酒店座谈，一直到吃完晚餐回家，已是晚上近 10 点钟了。足足 14 个小时，获益颇多。在墓地，我见到一位参加者举止大方，签名时"王玉龄"几个字写得很漂亮。我突然觉得这个名字很熟悉，好一会儿才迷迷糊糊想起王玉龄是《红日》里张灵甫的妻子。到底是不是，我吃不准，只好去问扶王玉龄的那位年轻姑娘。她点头了，我才和王玉龄说话，并且找影协的小姚为我们拍了合影照。我看过的材料上说王玉龄 17 岁与张灵甫结婚，不到 20 岁怀孕，孩子刚出生不久张灵甫就在孟良崮被击毙。以后，她靠抚恤金把儿子养大，在美国进过两所大学深造。现在她住在上海，儿子也在上海经商。我很尊重她，能认识她我很高兴。

第二次大活动——9月27日，上海侨务办公室举办庆祝会。据说今年邀请的人比往年少。我在周围来回找了几次，真的，往年见到过的人都不在。可能我家除我以外都是"侨"，我算得上真正的"侨属"，有代表性。我利用这个难得的机会与侨办政研处联系上，在刊物上发表文章，宣传"侨"在海内外的实力和影响。继续做些有益于中国发展的事，我觉得特别高兴，特别愿意。

第三次大活动——9月30日中秋晚餐，女企业家蒋鸣月在绅馆大酒店请了17位亲友参加中秋大团圆聚会。我的邻座是位84岁的老太太，她一生吃的苦很多。拖着4个小孩时，丈夫被迫离开人世。她撑持全家，把4个小孩带大，个个事业有成。她的儿子在晚餐后开车送我回家时说："本来要给母亲买件新衣服穿来做客的，她坚决反对，说如果要穿新衣服，她就不参加晚餐会了。"儿子只好顺从他。我能理解老妈妈的感情，因为她在生活最低谷时受尽世人冷眼和心灵伤痛。别看她当时穿得破旧，吃得糟糠，但人格力量伟大。现在生活转好，可以穿绸戴金了，她仍保持着当年的朴素本色。她挺立于世的不是衣饰穿戴，是人格魅力，我崇拜她。

我的第一个"金九"能见到这位老妈妈并深受教诲，得益于人美心善的蒋鸣月。借这个机会，她还邀请了刚回上海的沐黎和小周。我们三人能坐在一起举杯祝福，也算是一次难得的团圆，比我一个人冷坐家中更有热气、人气、精神气。我这一生认识不少白手起家的人，但是有的人在有了金钱后，常常会另眼看待缺钱、生活在苦海中的人。现实生活中两极分化，贫富悬殊。诚意安排我和大儿子一家吃团圆饭、喝团圆酒的人，蒋鸣月是少有的一位。除了心灵的慰藉和感谢，回报只有记忆。"往昔的苦难是励志的动力"，我不由想到曾经鼎力帮助我家走向昌盛的许多人。

第四次"大"活动——到离家三站路的新华邮政局去取回汤晓丹20多年前拍摄《傲蕾·一兰》影片后发表文章的稿费——540元，真是意外收获！

这四次活动都是在10月1日国庆节前夕发生的，特别有意义，仿佛报纸上天天宣传的"金九"。

“银十”变“银湿”

　　真正从 10 月 1 日开始，连续四天，我家的周围都冷冷清清，因为大多数人携家人外出，或走亲访友，或旅游海内外。而我却特别思念我的丈夫。做梦，梦见了他；睁眼，看到的只是照片。日子太凄清、太悲凉。除了心酸泪滴，根本没有丝毫的生气。今天，我才感到没有了老汤，没有了爱情，简直不叫生活。人的思想怎么会这么奇怪呢？过去每逢节假日，虽然大多也是我一个人过的，但从来没有像今天这样孤独。今昔相比，所受的感情折磨太不一样了。

　　我终于明白：过去，无论他在不在家，无论他在天南地北有多远，他都会回来；今天不一样了，天上人间两相望，除了我的思念，他再也回不来了。我除了抱着他冰凉的华安玉骨灰盒外，别无他法。我真想用心灵的爱、身体的热把骨灰盒温暖，让它恢复生命的朝气，让他回到人间，回到我身边。可是我太渺小了，想得到，做不到，希望终究不是现实。晚上迷迷糊糊睡不着，白天昏昏沉沉没有神。这个全国欢腾的大喜日子，我却是“泪湿，泪湿，泪湿”。这是我现实生活中的"金九银湿"。

好了，难熬的四天算挺过来了，能动笔写这几段文字，也算是心灵的复活。

为了庆祝自我复苏，我给华安县的柯书记，仙都镇的陈丽玲，云山村汤顺义、汤奇丁和汤海扬分别打了电话表示节日祝贺，也详细询问了"汤氏艺文居"的建造进度。他们都是最虔诚、最敬爱汤晓丹的亲人、族人，以后只有依靠他们将汤晓丹的爱祖国、爱人民、爱家乡、爱事业的精神流传下去。

1

2

3

4

5

6

1 汤晓丹弟弟、江苏省人民医院院长汤禧
   承（左一）携夫人柳浪（左三）来沪祝
   贺汤晓丹复出导演工作
   1977年　蓝为洁／供图

2 蓝为洁在广州拍《廖仲恺》时顺访九弟
   蓝炯采医学博导、教授（左一）阖家
   1982年　蓝为洁／供图

3 中国合唱指挥泰斗、中国合唱音乐奠基
   人之一马革顺与汤家愉快交流，从左至
   右依次为：汤晓丹、马革顺、汤沐海、
   蓝为洁
   1999年　汤沐海／供图

4 蓝为洁的七妹蓝为季（左三）与丈夫萧
   乃佑（左二）自广州来访，他们均为工
   程师、水利专家
   2012年　汤沐黎／供图

5 中国电影艺术研究中心苗禾（右）三年
   间常来家讨教影坛轶事
   2009年　苗禾／供图

6 《浦江纵横》总编陆加平（左一）帮助将
   蓝为洁手稿转成电子版
   2013年　蓝为洁／供图

1

1 蓝为洁与友人常相聚，前排从左至
右依次为：李果（上海影视文献
图书馆原馆长）、蓝为洁、华慧英
（台湾著名摄影师）、苗禾（中国
电影艺术研究中心电影理论研究学
者），后排从左至右依次为：吴迪
（中国电影艺术研究中心研究员）、
石川（上海电影家协会副主席、上
海戏剧学院教授）、李镇（中国电
影艺术研究中心电影理论研究室主
任）、李阳
2009 年 李果 / 供图

2 老友相聚欢乐多，从左至右依次
为：蓝为洁、汤晓丹、"上影"演
员曹铎、陈述和老厂长徐桑楚
汤沐海 / 供图

3 2000 年元宵节，时任上海永乐影
视集团副总裁的江平接汤晓丹、蓝
为洁二老在永乐酒家吃饭
2000 年 江平 / 供图

2

3

后记

凡事要认真

检查底稿，认为前面所写长度基本可以出本小册子了。反正是松散性、纪实性的点点滴滴，可随时停笔。按惯例，要写篇后记。其实后记更简单：

如果没有上海市政协的联合时报社对我的扶持、提携和牵线相助，这些手稿根本就无法面世。本来我对自己手写稿的毛病认识不足。最近友人送了我一本商务印书馆发行的《新华字典》，细读了它的《汉语拼音音节索引》，才知道我写的手稿实际是半文盲体。不少小时候读过的繁体字忘了，新字体又没有认真学过。写出的内容让人看不懂，不规范的字让人不认识。

这里除了我必须认真补扫盲课外，还得向任劳任怨、煞费苦心帮我完成打印稿的朋友们鞠躬感谢。对"家庭总动员"全力来帮助我的朋友，我尤其心存感激。

这次我受到的最大教育，就是凡事要认真，活到老学到老，要努力按照字典规范写好每一个字，再不能写出让人看不懂、认不出的字来了。

蓝为洁

2013 年

380

母亲蓝为洁

2014 年初，母亲蓝为洁永远离开了我们。

她走得仓促，从发现癌症到逝世仅三个月，既难以手术，也无药可治。此疾少外兆而耗元气，憾未早察。末了母亲灯枯油尽，在医院祥和而逝。

1984 年，她从上海电影制片厂剪辑师的岗位上退休后，便四处奔忙，为各省市雨后春笋般涌现的影视项目作剪辑指导。

为了照顾多病的父亲，她自 20 世纪 90 年代初开始居家写作。此后 20 多年间，她编写出版了 16 种图书，并在报纸杂志上发表了数以百计的文章，其题材涵盖电影界及丈夫儿子们的从艺生涯。

母亲从未出版过自传，所以当发现她身后遗有《蓝色视界》这摞自传体手稿时，我们兄弟二人都深感释怀：

她终于用朴实的手笔为后代留下了自己的故事。

她的故事穿梭在同时代的语言里，许多内容连我们也未知其详。无论如何，母亲投身中国的电影事业逾半个世纪，见证了它的童年和青春期，又为人爽快，敢说敢写，是有资格"谈古论今"的老影人。对心系此行者，她的声音是值得倾听的。

母亲老派，生前不用电脑，行文靠一字一句手写。所幸她多交忘年之友，大家帮她打字校对转成电子版稿，在此我们一并致谢。

382

汤沐黎　汤沐海
2022 年元旦

马年送母

（七绝）

汤沐黎　汤沐海

八旬尽瘁为三汤

洁净蓝波透影章

不尽亲缘随鹤去

音容宛在两茫茫

蓝为洁，洁净蓝波透影章
苗禾／摄

我们一家

蓝为洁（1928—2014），电影、电视剪辑师，享有"南方第一剪"美誉。

作为剪辑师，她参加剪辑的影片多部获奖。《苦恼人的笑》《巴山夜雨》《南昌起义》《廖仲恺》均获得原文化部优秀影片奖，《城南旧事》还获得中国电影金鸡奖最佳剪辑奖提名。1984年退休后，她参加了《徐悲鸿》《杨家将》等近千集电视剧的剪辑与指导工作，并对同行中的晚辈予以热心帮助与指导。

她还热衷写作，相继写了《汤晓丹的电影道路》《汤氏人家——汤晓丹和他的两个儿子》《台前幕后的明星们》等近20种图书。

汤晓丹（1910—2012），导演、编剧，有新中国"战争电影之父"和"银幕将军"之美誉。以拍摄军事题材影片见长，执导电影近50部，《渡江侦察记》《南征北战》《红日》《难忘的战斗》《南昌起义》《不夜城》等影片成为中国战争题材影片的经典。多部作品获原文化部优秀影片奖，1983年，凭借人物传记电影《廖仲恺》获得第5届中国电影金鸡奖最佳导演奖，2004年，获得第24届中国电影金鸡奖终身成就奖，2011年，获中国艺术研究院颁发的首届中华艺文奖终身成就奖。

汤沐黎，1947年生于上海，画家，现居加拿大。曾就读于中央美术学院并获硕士学位，1981年赴英国留学，获英国皇家美术学院硕士学位，1983年被彼得·莫尔斯基金会评为当年英国15位最佳画家之一。1985年赴美在康奈尔大学艺术系工作四年，其作品被全世界各国的美术馆、政府、大学、公司和收藏家广泛收藏陈列。出版有《汤沐黎油画》《汤沐黎诗词画选》等。

汤沐海，国际著名指挥家，1983年应赫伯特·冯·卡拉扬之邀指挥柏林爱乐一举成名，从此开启国际指挥生涯。2004年美国格莱美奖、2006年德国古典回声奖、2017年意大利奥斯卡国际金歌剧奖得主，2020年德国古典音乐奖华人获得者，2021年获上海白玉兰奖。2015年在意大利米兰斯卡拉歌剧院连演7场，成为自斯卡拉建院237年以来首位在此指挥歌剧的华人指挥家。先后担任世界各地300余家交响乐团、歌剧院首席指挥、常任指挥、音乐总监并受聘各大音乐学院教授。

蓝色视界
LANSE SHIJIE

出版统筹：张　明
责任编辑：唐　燕
助理编辑：张文雯
书籍设计：曹　群　赵　格（北京看好艺术设计）
责任技编：伍先林

图书在版编目（CIP）数据

蓝色视界：我的家庭和中国电影共同成长 / 蓝为洁
著.-- 桂林：广西师范大学出版社，2023.6
　　ISBN 978-7-5598-6016-3

　　Ⅰ.①蓝… Ⅱ.①蓝… Ⅲ.①随笔－作品集－中国－
当代 Ⅳ.①I267.1

中国国家版本馆 CIP 数据核字（2023）第 081852 号

广西师范大学出版社出版发行
（广西桂林市五里店路 9 号　邮政编码：541004）
（网址：http://www.bbtpress.com）
出版人：黄轩庄
全国新华书店经销
广西广大印务有限责任公司印刷
（桂林市临桂区秧塘工业园西城大道北侧广西师范大学出版社
集团有限公司创意产业园内　邮政编码：541199）
开本：889 mm × 1 194 mm　1/32
印张：12.5　　字数：185 千
2023 年 6 月第 1 版　　2023 年 6 月第 1 次印刷
定价：78.00 元

如发现印装质量问题，影响阅读，请与出版社发行部门联系调换。